DU MÊME AUTEUR

Aux Éditions Gallimard

TU MONTRERAS MA TÊTE AU PEUPLE, *2013 (« Folio » n° 5849).*

ÉVARISTE

FRANÇOIS-HENRI DÉSÉRABLE

ÉVARISTE

roman

GALLIMARD

Pour Anne, Claire, Hélène,
et pour toi, évidemment.

On ne sait pas si l'ambition précède et fomente le génie, à force de labeur l'engendre, ou si au contraire le génie déployant par pur miracle ses ailes s'avise après coup de l'ombre qu'elles font, des hommes qui accourent dans ce mirage, et dès lors celui qui est le jouet de cet attribut fantôme et projette cette ombre s'en infatue, veut l'accroître, se damne.

Pierre MICHON
Rimbaud le fils

PRÉLUDE

On ne se méfie jamais assez des doigts. On a tort.

Il y a les doigts du Vieux, là-haut, qu'Il fit claquer pour se distraire, et je les imagine lissant dans la foulée sa barbe blanche après que ses lèvres, figées dans une moue incrédule, eurent prononcé *mezza voce* le premier son de l'Univers : *oups !* Et je le vois dubitatif, le Vieux, vaguement craintif alors que déjà se met en branle la soupe informe des particules, la petite soupe primitive d'où cent millions d'années plus tard — alors, on faisait peu de cas du temps — naîtront peu à peu les galaxies, puis les étoiles, les planètes, la bonne vieille Terre sur quoi nous sommes aujourd'hui. Il ne sait pas, le Vieux, que l'on donnera un jour à son claquement de doigts originel le nom de *big-bang*. Pendant quelques milliards d'années Il n'ose plus toucher à rien — c'est qu'Il a peur, maintenant ! —, et Il contemple, et Il attend, et Il finit par s'emmerder (c'est long, quelques milliards d'années).

Plus tard, beaucoup plus tard, c'est encore son doigt qui va ébranler le monde. Levez la tête. Fermez les yeux. Regardez en esprit. Vous voyez, au plafond de la chapelle, la vieille main tavelée dont l'index, tendu vers celui d'Adam, premier homme putatif, va donner la vie ? Un doigt, je vous dis. Le doigt du Vieux.

Mais très vite, ce qu'Il voit lui déplaît, et Il se dit que, après tout, ce qu'il a donné peut être repris. Il décide que tel homme doit mourir et que tel autre peut vivre. Il trie et sélectionne selon son bon plaisir. Un exemple ? Bonaparte au pont d'Arcole, tel qu'Antoine-Jean Gros le représenta dans son uniforme bleu nuit, collet rouge orangé, broderies dorées, foulard noir sur chemise à col blanc, la hampe du drapeau de l'armée d'Italie dans une main et le sabre nu dans l'autre, Bonaparte qui échappe miraculeusement à la mort parce que le Vieux, Lui seul sait pourquoi, a placé Jean-Baptiste Muiron, aide de camp, entre le petit Corse et la petite balle autrichienne qui lui était destinée.

Mais la plupart du temps Il s'en fout, le Vieux. Si en dernière instance c'est toujours Lui qui décide, l'homme peut bien l'imiter, puisque le cœur lui en dit. Alors, c'est encore une affaire de doigts : voyez César, cheveux ramenés sur un front bas ceint d'une couronne de lauriers — on peut dominer le monde et avoir des coquetteries de midinette —, César drapé de pourpre dans ce laticlave qu'il tient de la main gauche tandis que la droite, indécise, tremble imperceptiblement — de l'inclinaison de son pouce dépend la vie de l'homme en contrebas. S'il le tourne vers le haut, c'est la grâce ; sinon, on sait ce qu'il advient ; on n'en saura rien pour cette fois. Car cette histoire, mademoiselle, n'est pas celle du gladiateur sans nom à la merci d'un seul doigt ; non, cette histoire est celle d'Évariste Galois, mathématicien de génie qui mourut en duel à vingt ans.

I

On sait qu'Évariste — d'emblée appelons-le Évariste — eut pour père Gabriel Galois, et de Gabriel Galois on ne sait pas grand-chose, si ce n'est qu'il fut le père d'Évariste (voyez comme une phrase, sous des dehors anodins, peut regorger d'indicible cruauté : que l'on puisse, après sa mort, réduire à sa seule qualité de père un homme qui vécut cinquante-quatre années, voilà qui devrait inciter les autres à cesser tout commerce charnel — et au diable l'humanité).

Si de Gabriel Galois on ne sait pas grand-chose, on en sait un peu plus que sur John Shakespeare, né vers 1530 et mort en 1601, à soixante-dix ans, peut-être soixante et onze, véritable prouesse à une époque où l'on était vieux à trente ans et mort à quarante si l'on n'était pas mort à cinq ans de la suette, à douze ans de la peste ou à vingt ans de la guerre, John Shakespeare dont le nom ne nous est parvenu que parce qu'il le transmit à son fils, et non parce qu'il fut gantier, négociant de peaux et de laine et père de huit enfants, catholique dans cette Angleterre devenue anglicane, grand bailli de Stratford-upon-Avon que l'on sait vaguement placer sur une carte parce que Shakespeare, William Shakespeare, poète, dramaturge, écrivain (et écrivain de la trempe des Goethe, des Cervantès, des Molière, la coterie de *happy few* dont la langue a épousé le nom), y naquit, y vécut, revint y mourir. Or si l'on en sait un peu plus sur Gabriel Galois que sur John Shakespeare, ce n'est pas, comme on pourrait le croire, parce qu'il fit en sorte que sa vie laissât une trace plus indélébile que celle du grand bailli de Stratford — tout comme lui son seul fait d'armes fut de trousser puis d'engrosser une femme dont la seule prouesse fut d'enfanter une tripotée de marmots parmi lesquels se trouvait un génie —, mais parce que John Shakespeare vécut sous la Reine vierge à une époque où l'on tenait mal les registres, où l'on écrivait peu, où l'on oubliait vite, alors que Gabriel Galois vit le jour deux siècles plus tard, sous le règne débutant de celui qu'en son règne déclinant on appellerait Louis le Dernier.

C'est en 1775 que Gabriel Galois vint au monde — la généalogie est formelle, aussi formelle que les encyclopédies grâce à quoi on sait que la même année Goethe s'établit à Weimar, Beaumarchais joue son *Barbier* au Théâtre-Français, Pougatchev est décapité à la hache, et le jeune Mozart, qui n'a pas vingt ans, est à Salzbourg où Haydn à son sujet se répand en louanges. Les hommes vaquent à leurs occupations, la vie suit son cours, et celle de Gabriel Galois va bientôt commencer. On ne sait rien de sa jeunesse : celle, sans doute, d'un enfant né de parents aisés à

Bourg-la-Reine, dans ce royaume de France où l'ordre immuable des choses semble devoir perdurer. Vous connaissez l'Ancien Régime, sa partition millénaire, vous savez comment elle se joue : les nobles, qui ont les terres, ne font rien et font de l'argent ; le clergé, qui a le ciel, ne fait rien et fait de l'argent ; le tiers état, parce qu'on lui a promis *dans l'autre vie* le ciel du second, s'échine *dans celle-ci* sur les terres des premiers, fait tout, n'a rien, ne fait pas d'argent. Trois ordres donc, et au-dessus des trois ordres, des trois dignités, le roi qui tient son pouvoir de Dieu, qui est comme Dieu sur terre, qui n'a de comptes à rendre à personne sauf à Dieu, c'est-à-dire à personne. Voilà pour le tableau. Ou plutôt pour l'esquisse, car il faudrait nuancer. Je ne suis pas historien. Je ne nuancerai pas.

Je dirai, simplement, qu'au fil du temps l'ordre immuable des choses ne paraît plus si immuable dans le cœur et le ventre du peuple qui a faim : d'abord de pain mais aussi de liberté, or il n'est pas libre et il n'y a pas de blé. Un jour où cette faim se fait plus cruellement ressentir, un jour de juillet 89 que l'on célèbre aujourd'hui en ne foutant rien, avachi devant la télé à regarder la Patrouille de France mettre le feu au ciel, les bourgeois mettent des piques entre les mains des paysans, les paysans des têtes au bout des piques, et entre les paumes de leurs mains, sur le cal des besognes immémoriales, coule le sang de la noblesse et du clergé. On connaît la suite : on rase gratis, à gauche, à droite, *Monsieur de Paris* remplit son office, et de guerre lasse, en thermidor, le barbier lui-même est rasé. Et puis on tergiverse quelques années, on oublie la République, l'Empire est proclamé. La liberté a beau être gravée en lettres d'or au fronton des palais, les Français s'avisent qu'elle leur importe peu ; dorénavant ils ne demandent qu'une chose : l'égalité, et toujours du pain. Pour le pain il faut des conquêtes, pour les conquêtes des généraux. L'Empereur va faire d'une pierre deux coups : Murat est fils d'aubergiste, Ney de tonnelier, et alors ? Il se fout que ses grognards aient ou non le sang bleu : quand les troupes se retirent des champs de bataille, ne restent que les morts et le silence, la brume, et sous la brume la terre gorgée de sang ; or celui-là est rouge, irrémédiablement. L'Empire perdure alors jusqu'à la morne plaine versifiée par Hugo, après quoi sévit la monarchie, Napoléon redevient Bonaparte, le trône celui d'un Louis et l'égalité un vain mot.

On sait que Gabriel Galois a vécu tout cela et cela, sans doute, explique en partie pourquoi il devint hostile aux saturnales de la monarchie — et dans une moindre mesure à celles de l'Empire, qui est comme la monarchie mais sans les fleurs de lys —, comment il se fit libéral, républicain, pourquoi, pendant que l'Aigle volait *de clocher en clocher jusqu'aux tours de Notre-Dame*, il se prosterna devant le peuple légal de Bourg-la-Reine, une centaine d'hommes à tout casser, et lui quémanda une couronne éphémère, libérale, ou qui en tout cas y ressemblait.

Si du père d'Évariste on sait peu de chose, de sa mère on en sait encore moins. On sait par exemple à quoi ressemblait Gabriel Galois : allure bourgeoise, ascétique, coincée ; nez grec ; front légèrement dégarni ; mèche sur le côté ; lèvres fines, pincées. Rien d'excentrique. Pas un brin de fantaisie. Mais sa femme, sa pauvre femme, Adélaïde Galois, née Demante, on sait seulement à quoi elle *pouvait* ressembler — ce qui veut dire qu'on ne sait rien. On raconte qu'elle était belle, mais les témoignages sont sujets à caution, la beauté subjective — pour le porc, rien n'est plus beau que la truie —, et ses canons évoluent — qu'est-elle, en effet, sinon une forme de laideur à la mode ? On peut supposer qu'elle ne portait ni mouche ni perruque poudrée — on n'en portait déjà plus en ce temps-là —, mais faux-cul et corset, que ses cheveux étaient bruns, son corps bien en chair, sa peau laiteuse et ses yeux bistrés. Ce qu'on sait d'elle tient en trois lignes, et c'est bien peu pour une vie : famille catholique empreinte de culture latiniste, père juriste de haut vol, mère qui meurt en couches, éducation classique, imagination ardente, sens de l'honneur, goût de l'antique et c'est tout. Un détail, toutefois : on sait aussi que la famille Demante vivait à Bourg-Égalité, dans la Grand'Rue, en face de la maison bourgeoise aux fenêtres ornées de glycine occupée par Galois, et l'on peut en déduire que Gabriel a vu grandir Adélaïde, qu'il l'a peut-être désirée. En 1808, il a trente-trois ans, il est temps qu'il se trouve une femme. Elle en a vingt, il lui faut un mari. Il traverse la rue, son cœur bat : la possibilité d'Évariste surgit.

II

Et puis il y a cette scène, qu'on est réduit à imaginer — les *sextapes*, hélas, n'existaient pas. C'est en 1811, au tout début de l'année 1811. Lübeck et Brême ont été annexées à l'Empire, Beethoven met la touche finale à son *Concerto pour piano*, Chateaubriand entreprend ses *Mémoires*, les hommes, on le voit, font leurs petites affaires, c'est la règle, et Gabriel Galois ne déroge pas à la règle. Il est dans la maison bourgeoise aux fenêtres ornées de glycine. Il fait nuit. Les volets sont clos. Il éteint le quinquet posé sur le guéridon, rejoint sa jeune épouse dans le lit à baldaquin, écarte la voilure accrochée en rideau, se glisse dans les draps de lin. Adélaïde dort déjà — ou peut-être feint-elle de dormir. Il se met derrière elle, relève jusqu'aux hanches sa chemise de nuit — car ce n'est pas la chemise *du père la pudeur*, à ouverture parisienne, avec pertuis laissant les époux procéder chastement à l'exécution de leurs devoirs conjugaux : les temps changent et les mœurs sont de plus en plus débridées —, de la main gauche attise sa virilité, et de la droite glisse un doigt sous les poils de sa femme, subrepticement, puis un deuxième, humecte le tout, d'un seul coup s'y engouffre, la fout prestement, sans égards, pousse un râle de contentement, promptement s'endort (mais il se peut aussi qu'il la jonchât de baisers, qu'il lui fît l'amour tendrement, avec les salamalecs que cela implique, la cadence accorte et monotone, les niaiseries sentimentales qu'à l'oreille des demoiselles il faut susurrer d'une voix langoureuse, la guimauve dont elles raffolent, et j'arrête là car vous êtes une demoiselle, mademoiselle : vous connaissez tout ça). Adélaïde a gardé les yeux fermés. Le Vieux, là-haut, esquisse un sourire : Lui seul sait que de cette étreinte fugace, de ce rapide va-et-vient dans le lit à baldaquin d'une grande maison bourgeoise aux fenêtres ornées de glycine, naîtra bientôt le deuxième enfant de la famille Galois. On le prénommera Évariste, du grec *áristos* — « le meilleur ». Tout est déjà écrit.

III

Tout est écrit et, de fait, sur Évariste on a beaucoup écrit. On ne compte plus les essais, les biographies, les témoignages de contemporains. On ne compte plus les colloques, les mémoires, les thèses, les articles. On a dit tout et son contraire : on s'est souvent trompé. On a dit à tort qu'il fut victime d'un complot ; à raison qu'il fut aux mathématiques ce qu'à la poésie fut Arthur Rimbaud : un Rimbaud qui n'aurait pas eu le temps de nous envoyer la *Saison* à la gueule ; qui aurait cassé sa pipe après *Le bateau ivre*, les vingt-cinq quatrains depuis le fin fond des Ardennes envoyés à la gueule de Verlaine en même temps qu'à celle de Paris ; un Rimbaud qui n'aurait connu ni Harar ni Aden ni les dents d'éléphant ni la scie sur la jambe à Marseille : parce qu'en vérité c'est la fin du *dormeur* que ce Rimbaud a connue, c'est le trou de verdure, la nuque baignant dans le frais cresson bleu, le soleil, la main sur la poitrine. Le trou rouge au côté droit.

On a pris la glorieuse cymbale de l'Histoire, celle, non moins glorieuse, de la Légende, on les a brandies bien haut, et les frappant l'une contre l'autre on a pu en tirer un son dont les profanes se font l'écho, inlassablement. Je ne jouerai pas ces cymbales. Je vous parlerai d'Évariste tel qu'il fut et non tel qu'on le fit. Mais je vous ennuie, je vois bien que je vous ennuie autant qu'il pouvait s'ennuyer à Bourg-Égalité (qui bientôt devint à nouveau Bourg-la-Reine, comme si d'un trait de plume on avait voulu biffer la Révolution), pendant cette enfance que j'imagine insouciante et studieuse, jalonnée par les batailles de l'Empire déclinant : les premiers pas quand Borodino devint l'Héraclée de l'Empereur ; les premiers mots parmi quoi il y avait sûrement les trois syllabes ondoyantes du *deus ex machina* de la dernière chance, ce coup d'épée dans l'eau que l'on appelle *Waterloo* ; les premiers jours d'été avec son petit frère et sa grande sœur, quand seuls au grenier ils montaient des pièces de théâtre, jouaient au cheval à bascule et à la guerre, au toton, pendant que sur l'autre théâtre les chevaux basculaient pour de vrai, et pour de vrai on faisait la guerre au monde entier, à Wellington et ses Anglais, à Guillaume II, à Blücher, au royaume de Hanovre et au duché de Nassau.

Dans Bourg-la-Reine Évariste grandit, apprend sous la férule de la reine Adélaïde — sciemment devenue esclave pour ses enfants : si on ne la trouve au jardin à émonder la glycine, à sarcler le chiendent, c'est qu'elle ravaude les linges, récure les écuelles, range la chambre des trois petits souverains, Nathalie, Évariste et Alfred, à qui elle enseigne le grec et le latin, la rhétorique et la morale, le sens de l'honneur, le culte de

Sénèque, de Cicéron. Et parce que Adélaïde a renoncé à être Adélaïde, parce qu'elle a consenti à n'être plus que *la mère*, à l'être exclusivement, Évariste l'admire, parfois la réprouve — comme on peut réprouver un sacrifice, fût-il accompli dans son propre intérêt —, mais je pense — et je ne crois pas me tromper — qu'il l'aime profondément.

Quant à son père, sans doute l'aime-t-il aussi, quoique peut-être un peu moins, ou alors différemment, car il est encore trop Gabriel Galois pour n'être plus que *le père*. Il dirige une institution de jeunes gens que son propre père a dirigée avant lui. Ce peu de pouvoir sur les plus jeunes n'en finit pas de le griser ; bientôt, il lui en faut aussi sur les plus vieux : pendant les Cent-Jours, on le sait, il revêt l'habit bleu brodé d'argent sur quoi il ceint l'écharpe municipale, tricolore, qui aujourd'hui encore vous donne l'allure d'un gland. Cela ne suffit pas : il lui faut aussi un violon d'Ingres, dans quoi il pisse allègrement. Il fait des vers, directement dans le violon ; du théâtre, dans le violon avec les vers. Gabriel Galois, on l'aura compris, aurait voulu embrasser les lettres, mais les lettres ne voulurent pas de lui.

Quoiqu'il ne le vît pas souvent, ce père qui faisait des rimes à l'ancienne mode, je veux croire qu'à l'ancienne mode Évariste l'aimait, avec une déférence craintive, et je suis certain qu'en retour le père aimait le fils, que chaque nuit, avant de se coucher, il entrait dans sa chambre pour le regarder dormir, remontait sa couverture pour qu'il n'ait pas trop froid, l'embrassait sur le front. Le rituel du baiser, s'il eut lieu, prit fin vers 1823, quand le petit Évariste quitta le petit Bourg-la-Reine pour Paris, les leçons de sa mère pour celles de Louis-le-Grand : sa vie pouvait alors *réellement* commencer.

À la même époque, à peu près, il y avait à Paris un autre homme qui attendait que sa vie commençât *réellement*. Cet homme s'appelait Artois, on l'appelait Charles ou *Monsieur*, et on dit qu'il regardait souvent vers le ciel, d'abord parce qu'il était dévot, ensuite parce qu'il espérait *in petto* que le ciel se rappelle au bon souvenir de son frère. Mais ce frère ne mourait pas, non, il se desquamait, petit à petit. Son œil fondait ; ses jambes n'étaient plus que des plaies purulentes ; son corps tout entier puait comme une charogne sous un soleil toscan. Depuis longtemps il souffrait d'une goutte qui l'empêchait de marcher ; depuis peu une plaie dans le dos l'empêchait de s'asseoir ; depuis toujours une farouche envie de vivre semblait l'empêcher de mourir — et barrait le chemin du trône à ce pauvre Charles qui n'en pouvait mais.

En septembre 1824, pour la dernière fois de l'histoire de France, on finit enfin par entendre, ici et là, ces cris de joie populaire qui signifiaient perpétuation de la lignée : « Le roi est mort, vive le roi ! » Mais Charles X traînait à ses pieds deux boulets : l'un s'appelait Versailles, l'autre s'appelait Coblence, et Versailles et Coblence étaient portés à bras-le-corps par la prêtraille et les ultras, nostalgiques d'avant 14-Juillet qui prônaient un retour à l'Ancien Régime, au *bon vieux temps* qu'ils ressusciteraient par petites touches, passant graduellement de la monarchie constitutionnelle à la monarchie absolue. La première étape de cette marche en arrière fut le sacre de Reims. Tout y était : le faste, le carrosse à huit chevaux, le *Te Deum*, le serment la main sur les Évangiles et sur le reliquaire de la Vraie Croix, les *regalia*, glaive, sceptre, main de justice et couronne, le *Vivat rex in aeternum*, le lâcher de colombes, les cloches qui tonnent et le canon qui gronde. De ce sacre en grande pompe qui marquait l'union du trône et de l'autel, on dit qu'Évariste fit un éloge en vers latins. On dit aussi que cet éloge, au concours général, lui valut le premier prix ; qu'il eut en outre un accessit en version grecque ; qu'il était donc bon élève ; qu'il ne le fut pas très longtemps : il détestait Louis-le-Grand.

IV

Cet élève de douze ans, bientôt treize, on pourrait le suivre des jours durant, dans la cour, dans la salle d'étude, jusque dans les dortoirs du Collège royal, mais il nous remarquerait, prendrait peur, nous dénoncerait peut-être, et sans doute serions-nous mis à la porte, d'autant que vous êtes une fille et qu'on est ici dans un collège de garçons. Louvoyons. Vous êtes, mettons, le chapeau au-dessus de sa tête, un beau chapeau tout neuf avec galon de soie que pour l'occasion sa mère a fait venir spécialement de Paris, un chapeau qui à cent lieues à la ronde fait provincial apprêté — c'est qu'il est trop neuf et qu'il brille un peu trop, beaucoup trop : il *luit* —, et ce chapeau il en a un peu honte, mais enfin il le porte, car c'est sa pauvre mère qui l'a choisi, pour lui, son fils chéri, son petit Évariste dont elle est si fière, qui est collégien à Paris, oui madame, parfaitement, à Louis-le-Grand mon petit Évariste, se rengorge-t-elle après l'office sur le perron de l'église devant tout Bourg-la-Reine endimanché, donc vous êtes ce chapeau, et je suis ses souliers.

Dès cinq heures du matin c'est la cloche qui brutalement le tire du sommeil, et son tintement n'est pas celui, plein d'allégresse, d'une autre cloche, celle de l'église à Bourg-la-Reine que le bedeau, du temps de l'ancien curé, le laissait sonner à toute volée (de ses petits bras et de tout son poids il se pendait à la corde, et alors il était le maître du village, et le monde se résumant au village il était le maître du monde). Cette cloche, à Louis-le-Grand, est suivie d'un branlebas de combat, d'élèves qui par dizaines se vêtent en deux temps trois mouvements, car il ne faut pas que ça traîne : les maîtres d'étude sont aux aguets. Évariste se presse, la bouche pâteuse, les paupières à demi closes, il vous met sur sa tête et il me chausse à ses pieds. Puis il file vers la fontaine, se débarbouille le visage et le voilà accroupi, sur le goguenot, à vous serrer dans la main pendant qu'il me regarde en bâillant.

Dans la classe il y a une patère sur quoi il vous suspend, il s'assoit derrière le pupitre, sur un banc sans dossier fixé aux lattes du parquet ; une rainure, creusée dans le bois, empêche les porte-plume de tomber. Évariste est au premier rang, avec les meilleurs élèves, ceux qui font de la lèche, le nez penché sur Ovide et Cicéron collectionnent les bons points, recopient comme des scribes les litanies ânonnées par le maître d'école, d'un rythme égal et indolent se laissent porter par ses paroles, indifférents aux sarcasmes, aux boulettes de papier jetées par les cancres qui font le pitre au fond de la classe, bavardent, se moquent ouvertement des maîtres d'étude, à mots couverts du proviseur, un peu moins de la règle sur les doigts, du bonnet d'âne et des pensums, de la mise au piquet — toutes choses qu'on lui apprend à réprouver, mais que *dans le secret de son cœur* il envie. Le maître débite son cours de grec ou de latin ; Évariste, comme la plupart des garçons de cet âge, rêvasse en feignant d'écouter ; personne n'est dupe ; l'honneur est sauvé.

Seule la récréation vient le tirer de son ennui. Dans la cour, il y a des ormes, des platanes, des marronniers, et en batailles rangées à l'automne on s'envoie les châtaignes à la gueule. Il y a aussi un porche, sous quoi les Jésuites, du temps de Voltaire, n'autorisaient les élèves à s'abriter qu'à une seule condition : que l'eau du bénitier de la chapelle fût gelée. Le jeune Arouet claquant des dents le vida pour le remplir de glaçons. Convoqué par les bons pères il fut sermonné, rossé (et on sait qu'en retour il les rossa par écrit). Sous ce porche, quelques garçons se retrouvent, les poches débordant de billes, d'agates, de calots. Évariste s'en fout ; il ne joue pas sous ce porche. Il préfère marcher sous les marronniers de la cour, seul, pensif, comme plus tard dans celle de la prison. Parfois, on ne sait pas pourquoi, il flanque un coup de pied dans un amas de feuilles mortes, les fait valser ; elles retombent, éparses ; il n'est pas satisfait. Ou alors il regarde les flocons de neige tournoyer dans le ciel, et comme Kepler il se demande pourquoi les flocons sont de petites étoiles à six branches, duveteuses comme des plumes, et cette neige, blanche comme le drapeau des Bourbons, il la souille, la délaye en bouillie. À quoi peut-il bien penser ? C'est à vous de nous le dire : vous êtes sur sa tête, après tout. Peut-être pense-t-il à

Louis-le-Grand ; aux grilles de Louis-le-Grand ; et sur ces grilles aux fers de lance en fleurs de lys sur quoi il serait si facile de s'empaler ; aux jours sombres et aux murs sombres, dont la peinture s'écaillait déjà du temps de Voltaire ; à l'infâme brouet du réfectoire ; aux dernières chansons de Béranger ; aux devoirs religieux ; aux prières dans la chapelle ; aux remugles d'encens ; aux vendredis maigres ; à confesse et au curé qui, allez savoir pourquoi, glisse une main sous sa soutane dès lors qu'on lui rapporte les plaisirs solitaires auxquels à la nuit tombée on s'adonne dans une douce frénésie. Ou peut-être qu'il pense aux ciels mornes ; à la bruine et au crachin ; au poêle et à la bûche dans le poêle ; au chaud et aux jeunes filles qui sont comme le chaud ; à l'insondable mystère du plaisir féminin et à l'autre mystère, celui du plaisir qu'il éprouve et qu'il faut réprouver ; au dortoir et aux rangées de lits parfaitement alignés.

Nous y sommes, sous son lit. Il nous y fourre tous les deux, chapeau et souliers sous le sommier qui va grincer dans la nuit. Extinction des feux. On entend quelques plaisanteries, quelques rires ; plus rien. Et comme prévu le lit grince, il y a de l'agitation là-dessus, des va-et-vient réguliers, les draps qui se froissent et qui bientôt vont coller, car là-dessus ça se tire sur les douze centimètres de chair de ses douze ans, ça se délecte, ça jubile, ça tressaille de plaisir et de joie — et aucun son ne nous est épargné : on a droit à toute la gamme onaniste, de la respiration saccadée jusqu'à l'indigent volapük de l'orgasme, le petit râle à voix basse après quoi le silence se fait. Il n'y a pas que le grec et le latin qu'on apprend dans les écoles de garçons. Dors, Évariste : dans sept heures à peine, tu es déjà levé. (Et ainsi de suite six jours sur sept et trois cents jours dans l'année, trois cents jours de cette vie monacale, de lassitude sans bornes à dix bornes de chez lui.)

Chez lui, c'est Bourg-la-Reine et Bourg-la-Reine, c'est l'été. Le soleil blond dans l'azur, l'odeur du foin, la rivière, les tanches, les carpes et les brochets, les forêts noires, giboyeuses, l'ocre et le rose des pavés de grès dans la Grand'Rue, les verts pâturages et les soirées au clair de lune, les matinées au lit à contempler les particules de poussière qui tournoient, vrillent dans le rai de lumière s'engouffrant à travers les rideaux. Mais après l'été il y a l'automne, et en automne la rentrée. Nouveau chapeau, nouveaux souliers, retour à Louis-le-Grand où je crois pouvoir dire qu'il ne fut pas heureux. Le fut-il ne serait-ce qu'une seule fois dans sa vie, et s'il le fut, le sut-il jamais ? Le bonheur, il me semble, est rétrospectif, il s'éprouve *a posteriori*, se conjugue à l'imparfait, de sorte qu'il est plus facile, plus naturel de dire *j'étais heureux* que *je suis heureux*. Or je ne suis pas certain qu'Évariste, après qu'il eut quitté le collège, tenté Polytechnique, échoué dans les circonstances que l'on sait, frappé à la porte de Normale puis à celle de la prison, je ne suis pas certain, disais-je, qu'il eut le temps de regarder en arrière, faire le point, se tourner vers son passé et se poser la question. Se la posât-il, je ne crois pas qu'il se fût souvenu de ses années là-haut, sur la montagne Sainte-Geneviève, avec cette tristesse empreinte de mélancolie, ce vague à l'âme qui vous saisit à l'évocation de l'enfance, insouciante et frivole avec son cortège de souvenirs joyeux — non que l'enfance soit plus heureuse que les autres périodes de la vie ; seulement, le souvenir est un magicien qui exalte tout ce qu'il touche, et l'enfance *a fortiori.* Dans ce collège Évariste ne fut pas heureux. Du moins au début, les premières années, avant qu'il ne trouvât un royaume à sa mesure et que de ce royaume il devînt le souverain. L'huissier peut l'annoncer en frappant son bâton à pommeau d'argent sur le sol, car le voilà qui arrive, mademoiselle, le voilà qui pour la première fois débarque avec solennité dans ce récit : Monseigneur le Mathématicien.

V

Louis-le-Grand, mademoiselle. Un demi-siècle plus tôt.

Gravé en lettres d'or sur la grille de l'entrée, une grille noire, en fer forgé, le nom du collège impose le respect. Devant cette grille s'est arrêté un carrosse à fleurs de lys attelé de huit chevaux empanachés, blancs comme la perruque et les gants du valet plein de morgue qui en maintient la porte entrouverte ; dans l'embrasure de cette porte, à l'intérieur du carrosse, un homme est assis ; de cet homme on ne voit qu'une jambe, le bas de soie, la culotte de nankin ; posée sur cette culotte, une main ; au petit doigt de cette main, un anneau. Si cet homme daignait se pencher un peu, il verrait, entre la grille et le marchepied du carrosse, un jeune élève agenouillé dans la boue, tout de noir vêtu, tricorne noir, gilet noir, pelisse noire ; jabot blanc. Cet élève, une feuille entre les mains, récite quelque chose, en latin et en vers. Il pleut à verse ; les chevaux s'ébrouant sous la pluie l'éclaboussent ; sa pelisse est maculée de boue ; son tricorne ruisselle ;

on s'esclaffe derrière lui. Le jeune élève impassible secoue la feuille, reprend sa lecture, l'achève ; lève la tête : dans le carrosse, l'homme n'a pas bougé. Le valet se tourne vers l'homme et lui dit : « Sire, le compliment est terminé. » Et sans faire l'aumône à l'élève d'un regard ni d'un mot, le roi — puisque cet homme est le roi —, d'un revers de la main où point tout le dédain du monde, fait signe au valet qu'il peut fermer la porte. Le carrosse s'ébranle sous la pluie ; l'élève s'essuie la figure, se redresse, se tourne vers un camarade qui bégaie son dépit. Alors on entend le proviseur s'écrier : « Robespierre et Desmoulins, taisez-vous ! »

Cette scène, je ne l'ai pas inventée. Elle a vraiment eu lieu : en juin 1775, au retour de Reims, avec sa Minerve, ses cariatides et ses putti le carrosse fleurdelisé fit escale à Louis-le-Grand. Un jeune élève de dix-sept ans, le plus méritant d'entre eux, le plus brillant aussi, fut choisi pour dire le compliment au roi. Cet élève était Robespierre ; Louis XVI était ce roi. Tout cela, mademoiselle, vous l'avez peut-être vu dans *La Révolution française.* C'est sur le jeune Maximilien agenouillé sous la pluie, dans la boue, que s'ouvre le film, et pour cette scène, pour cette scène seulement, le scénariste eût mérité un césar : il a tout compris.

La genèse de la Révolution est tout entière dans cette scène, tout entière dans la boue de juin, devant la grille de Louis-le-Grand, dans le cœur plein de boue du jeune homme agenouillé dans cette boue. Mettez-vous à sa place, mademoiselle, allez donc vous agenouiller dans la boue : vous êtes orphelin ; votre mère est morte en couches ; votre père est parti chercher son fantôme quelque part en Allemagne, dans les forêts de bouleaux où l'on devient son propre fantôme ; à douze ans vous avez quitté Arras pour Paris, pour Louis-le-Grand, pour les distributions de prix ; pas pour la boue. Mais vous y êtes, dans la boue, car il faut montrer des égards au bas de soie, à la culotte de nankin ; se prosterner devant le carrosse ; courber l'échine sous la pluie ; faire allégeance au roi. Et pourtant vous avez le même âge, à peu près le même âge que ce roi qui est dans le carrosse ; et comme lui vous savez le grec, et comme lui le latin, et comme lui la rhétorique (peut-être même un peu mieux que lui) ; mais lui est dans le carrosse ; et vous à genoux. Pourquoi ? Parce que lui est né à Versailles et vous en Artois, dans la crasse et dans la craie. Dans la boue.

Pourtant vous ne dites rien, vous récitez le compliment, docile et affable dans la boue quoique tremblant de colère. Mais dans votre cœur, vous pensez que *quelque chose doit changer*, pas le roi, non, le roi est roi par la volonté de Dieu, on ne peut pas le destituer, l'anéantir, faire disparaître la noblesse et le clergé, leur trancher la tête, non, cela, même dans vos rêves les plus fous vous ne pouvez l'imaginer, car cela est inconcevable, et ce n'est pas vous qui allez saper les bases de l'ordre *immuable* établi depuis des siècles, pas le roi donc, mais quelque chose, et vous ne savez pas quoi, mais c'est là, dans la boue, que pour la première fois vous y songez.

Fin 1823, les choses avaient changé bien au-delà des espérances du jeune Maximilien devenu Robespierre, l'Incorruptible, celui dont la tête chut dans le panier de Sanson après qu'il eut fait choir celles de l'homme du carrosse, de la femme à côté de lui dans le carrosse, du valet plein de morgue qui en tenait la porte, et aussi, parce qu'*on ne fait pas d'omelette sans casser des œufs*, celle du petit bègue qui était son meilleur ami. Les choses avaient changé, mais bientôt c'est Artois qui aurait le sceptre entre les mains, et Artois enverrait ce sceptre tel un boomerang à travers le temps. Or il y avait, à Louis-le-Grand, un nouveau proviseur que les élèves soupçonnaient d'être lui aussi un agent du passé, un ultra qui donnait dans la calotte et souhaitait que l'on revînt au bon vieux temps. Ce proviseur s'appelait Berthot, et Berthot, disait-on avec des voix de conspirateurs, *préparait le retour des jésuites* — que les élèves haïssaient. La mutinerie se fit en deux salves, silencieuses toutes les deux, mais qui dans ce silence firent plus de bruit que cent canons tonnant de conserve dans le fin fond de la nuit : la première, quand ils refusèrent de chanter pendant l'office ; la seconde, à la Saint-Charlemagne, quand ils refusèrent de porter un toast en l'honneur du roi. Or s'il méprisait la Révolution, Berthot ne désapprouvait pas la terreur, du moins quand la terreur était blanche : il *décapita son collège*, expulsant une centaine d'élèves et du même coup, sans le savoir, les offrant aux futures barricades de Juillet (de même qu'une lézarde apparut sur le mur en pierre de la Bastille quand le jeune Maximilien s'agenouilla dans la boue, dans les rues de Paris un pavé se déchaussa le jour où ces élèves furent renvoyés chez eux).

Évariste venait d'arriver à Louis-le-Grand. Il n'était ni dans la chapelle ni au banquet : il ne fut pas expulsé. Mais il était dans l'école, il vécut tout cela, et il vit que tout cela était de l'injustice, de l'abus de pouvoir, de l'infamie. De la boue. Alors il s'agenouilla, lui aussi, ramassa cette boue, la fit sécher, et comme le jeune Maximilien en son temps la mit dans son cœur, comme lui en conçut de la rancœur, prit conscience que quelque chose devait changer. Or ce quelque chose sur quoi le jeune Maximilien n'était pas en mesure de poser un nom, Évariste sut d'emblée que cela s'appelait *République* et l'amour de la République, ou du moins des vertus qu'on lui prêtait, commença à fermenter dans son cœur ici même, à Louis-le-Grand, là où un demi-siècle plus tôt il avait fermenté dans celui d'un jeune homme qui devait plus tard exalter cette République, la porter aux nues, l'incarner jusqu'à la lie.

Mais laissons Maximilien là où il est, au ciel ou sous la chaux, dans les livres d'Histoire qui sont comme le ciel ou comme la chaux, c'est selon, et revenons plutôt à nos moutons, c'est-à-dire à Évariste qui peut-être les comptait pour s'endormir, s'initiant, sans le savoir, à ce qui allait devenir le grand amour de sa vie (avant même la République et la jeune catin dont il nous faudra parler). Car c'est à Louis-le-Grand, en février 1827, dans la classe d'Hippolyte Vernier, qu'il foula pour la première fois le *parvis sacré du temple solennel,* dans ce royaume des mathématiques dont très vite il devint le souverain. Quelle fut sa réaction ? Un mélange, je crois, de plaisir et de soulagement, d'allégresse, de joie, une éclatante révélation, de celles qu'on ne connaît qu'une ou deux fois dans sa vie — ce que dut ressentir Rodrigo de Triana perché en haut du mât de *La Pinta* dans la nuit du 12 octobre 1492, ou vous-même, mademoiselle, juchée pour la première fois sur un autre mât, moins grand mais non moins raide que celui de *La Pinta*, jubilant néanmoins aussi bruyamment dans votre chambre que la vigie de *La Pinta* dans la nuit.

Il paraît qu'en ce début d'année 1827 Évariste lut Legendre en l'espace de quinze jours (et dans Legendre il y avait quasiment tout Euclide, *Les Éléments* au grand complet) ; que dans la foulée il lut Lagrange et Euler, et Cauchy, et Gauss, et Jacobi ; qu'il comprit tout, retint tout ; qu'il était donc aux mathématiques ce que le petit Salzbourgeois était à la musique, rien de moins : un prodige qui se jouait des théorèmes les plus complexes comme l'Oreille Absolue se jouait des chants sacrés, qui de mémoire les retenait, les reproduisait après une seule lecture comme l'autre avait retranscrit après une seule écoute le *Miserere* tout entier. On en rajoute peut-être un peu : les cymbales ont bien fait leur travail. Elles sont là pour ça.

Il n'en demeure pas moins qu'Évariste, très vite, gravit la Montagne des mathématiques ; et très vite il fut au sommet, avec Thalès, le père, et sa cohorte de fils, Archimède, Fermat, Newton, Euclide, quelques autres dont peut-être je vous parlerai (et parce que ces fils gravirent la Montagne, sur chacun d'eux on sait quelque chose, on sait que l'un se rua nu dans Syracuse en gueulant *Eurêka !*, que l'autre, qui avait la manie d'annoter dans les marges, fut à l'origine du théorème qui porte son nom sur quoi pendant trois siècles on se pencha pour mieux tomber, qu'une pomme chut sur la tête du troisième, et il n'y a guère que sur le dernier qu'on ne sait rien, qu'on n'a jamais rien su — mais alors on joue des cymbales et on le fait naître sous Ptolémée, à Tyr ou à Gela, et on lui fait dire qu'*il n'y a pas de voie royale en géométrie*).

À Louis-le-Grand, début 1827, Évariste était loin du sommet : c'est en bas qu'on le trouvait, dans la vallée ; il n'avait pas encore le piolet entre les mains. Il venait de découvrir les mathématiques, et il me plaît de croire qu'envoûté par leur beauté *froide et austère*, par la profondeur des théorèmes, l'élégance des démonstrations, il en fut bouleversé, submergé d'émotion ; que les yeux embués de larmes dans son Lagrange ou son Legendre comme Triana dans les étoiles il jubila, comme vous sur l'autre mât il exulta, parce qu'il pressentait qu'il touchait là aux puissances célestes, qu'il était *dans l'ondoyant, dans le mouvement, dans le fugitif et l'infini* ; que dans cet infini il vautra son âme comme d'autres au même âge la vautrent dans d'autres plaisirs ; qu'il élut domicile dans le nombre, définitivement, immédiatement en conçut une immense jouissance : c'est qu'il y avait dans le nombre une indicible harmonie, une perfection absolue, autant de poésie qu'il peut y avoir de poésie dans la poésie ; et lui qui n'avait jamais cru en rien, pas même à la poésie, voilà qu'il croyait aux mathématiques, qu'il y voyait l'alphabet grâce auquel, après le claquement de doigts originel, l'univers fut écrit : en faisant des mathématiques, voilà, mademoiselle, qu'il croyait au Vieux. (Et alors on ne sera guère étonné d'apprendre qu'en fin d'année, au concours général, il obtint le premier prix.)

Puis de nouveau il y eut l'été, de nouveau Bourg-la-Reine, le soleil et les prés, de nouveau la rivière, les tanches, les carpes, les brochets. De nouveau la grande maison bourgeoise aux fenêtres ornées de glycine dont il gardait les persiennes fermées, ne sortait plus. Son humeur, dit-on, avait changé. Mélancolique, secret, il restait dans sa chambre, allongé sur son lit, tout entier à ses rêves comme Archimède dans Syracuse à son problème. *À la maison*, on s'inquiète de cette lubie, de ces mathématiques dont il semble épris au point d'oublier que du côté des Demante, dans la branche maternelle, on est connu à la faculté de droit de Paris. Le grand-père est docteur agrégé, magistrat ; pendant l'Empire, il a présidé le tribunal de Louviers. Aussi ne voit-on pas pourquoi Évariste se refuserait à marcher dans les pas de cet auguste aïeul aux favoris grisonnants. (Qui n'a jamais rêvé de la présidence du tribunal de Louviers ?)

Mais il y a plus grave : on murmure, dans le village, que le maire *travaille du chapeau*. On en parle tout bas, après la messe, sur le perron de l'église ; la reine Adélaïde a perdu le goût de s'y montrer. Évariste ne comprend pas, se renseigne, interroge à demi-mot. Il intercepte, ici et là, des bribes de conversations, des débuts d'explications. Il entend peut-être les mots *vers*, *calembours*, *curé*, et le mot *maire*, et accolé à ce mot le mot *fou*. Il n'ose pas en parler à son père qui n'est plus qu'un bloc de silence et de souffrance ; et dans le silence et la souffrance de ce père qu'il aime plus que tout, il hait son propre silence, et il hait les soirées au clair de lune qui désormais sont mornes comme un cours de rhétorique par une journée sans soleil, comme le regard mouillé de son père dans quoi l'hiver en plein été se dévoile. L'été touche à sa fin : Évariste retourne en son royaume, à ses mathématiques. Il retourne à Louis-le-Grand. La Montagne l'attend.

VI

Delacroix a écrit quelque part, dans son journal peut-être — lorsqu'il ne peignait pas *La Mort de Sardanapale* ou *La Liberté guidant le peuple*, Delacroix troquait son pinceau pour une plume et, d'une main lissant ses moustaches de maharaja, tenait de l'autre un journal —, que « la pratique d'un art demande un homme tout entier ».

Cet art fait de théorèmes et de propositions, de lemmes et de scholies, de corollaires sur quoi il avait déployé ses ailes et, les déployant, projeté dans l'ombre tous ceux qui dans son sillage accouraient, Évariste s'y adonna tout entier, avec la ferveur de celui qui débute, l'ardeur de celui qui désire faire ployer le monde sous sa loi, changer *les vices de la nature en éléments d'une destinée* : il avait *le feu sacré*. Pressentait-il, déjà, que le temps est un bardache au sourire vengeur, carnassier, dont on abuse allègrement mais qui finit toujours par nous baiser ? On sait qu'il brûla les étapes et s'y brûla les ailes, ou du moins qu'il faillit bien se les brûler : candidat libre à Polytechnique dès l'âge de seize ans, il échoua : il révolutionnait les mathématiques ; il eût fallu les bachoter. On ne lui demandait pas d'innover, mais de recracher mot pour mot les leçons qu'un barbacole avait prémâchées du haut de sa chaire, le petit viatique conceptuel, le bon pour l'X, un peu d'arithmétique, un zeste d'algèbre, deux ou trois rudiments de géométrie et le tour était joué : Polytechnique, 1828-1829. L'année se joua sans lui.

En conçut-il de l'amertume ? Sans doute. Rumina-t-il cet échec ? Très certainement. On présume qu'il avait de l'orgueil et que cet orgueil en souffrit. Les indices laissent à croire que le jeune homme — c'est là son moindre défaut — avait conscience de son *génie*. Peut-être à part lui le formulait-il autrement, délaissait le fourre-tout opaque galvaudé par un usage excessif, le vieil abus de langage dont j'abuse aussi, lui préférait d'autres mots, d'autres *signifiants*, miracle, prodige, facultés supérieures de l'esprit, mais le *signifié* restait le même, et de lui-même on dit qu'il avait une haute opinion, une très haute opinion, et on sait aujourd'hui qu'il l'avait à raison (c'est pourquoi on lui pardonne). En outre, on sait qu'il en jouait, et que cela, à Louis-le-Grand, ne lui fut guère pardonné : on le disait frondeur, dissipé, bavard, singulier, contrariant ses camarades, sans cesse les taquinant, protestant contre le silence, travaillant peu ou seulement par la crainte de pensums et de punitions. Tout cela a été conservé dans les archives, noir sur blanc consigné dans le carnet de notes du collège Louis-le-Grand, ce petit carnet grâce à quoi on est certain qu'il vivait entièrement pour son art, et que le reste, tout le reste, il s'en foutait. La note d'études du deuxième trimestre est éloquente : *C'est la fureur des mathématiques qui le domine.* CQFD.

Le grand saut vers Polytechnique attendrait donc un an de plus. À la rentrée 1828, l'orgueil encore à vif il fit le petit saut, le saut de puce qui lui épargnait l'ennui des cours dispensés en mathématiques élémentaires, où il n'aurait rien appris, pour rejoindre ceux de mathématiques spéciales, dans une classe de jeunes hommes brillants à l'avenir prometteur, mais qui, à côté de lui, avaient l'air de jeunes poseurs un peu niais, pas méchants mais benêts, jocrisses en bas bleus dont se riait la Montagne.

Il y avait, dans cette classe, un homme que la Montagne faisait rêver, un homme encore jeune qui dans sa prime jeunesse avait lorgné vers les neiges éternelles et à trente-trois ans se levait la nuit sous la lune pour l'admirer depuis la vallée, avec dans le cœur un pincement, et dans les yeux un regret. De cet homme aussi, la Montagne se riait. Il s'appelait Richard, Louis Richard ; il était professeur ; il aimait les mathématiques ; les mathématiques, elles, ne l'aimaient que dans la mesure où les lettres aimaient Gabriel Galois. Vers quinze, seize ans, le piolet entre les mains il en avait débuté l'ascension, et puis le piolet lui avait échappé des mains : il lui brûlait les doigts. Alors il était resté en bas, dans la vallée, avec ses tables de logarithmes, ses abaques et ses compas, son baudrier inutile de mathématicien raté. Mais parce que son amour des mathématiques était pur, désintéressé, il se résigna à les aimer sans en être aimé en retour, et il les enseigna à Douai, à Pontivy, à Louis-le-Grand : c'est là, sur la montagne Sainte-Geneviève, la seule qu'il fût à même de gravir, que Richard vit un jeune élève prénommé Évariste devenir Galois, de même qu'Izambard en classe de rhétorique à Charleville en vit un autre se prénommant Arthur devenir Rimbaud. La Montagne se refusait donc à lui, Richard, quand elle s'offrait à d'autres qui s'appelaient autrement, et parce qu'il savait qu'il n'en atteindrait jamais l'antécime (pas même l'antécime !), il établit son bivouac dans la vallée, où à défaut de placer ses pas dans les pas d'Évariste il lui prêta son modeste concours : s'il ne fut ni un guide ni même un porteur, un vulgaire coolie, il fut celui qui mit le piolet entre les mains de son élève, ce piolet auquel il s'était agrippé, vainement agrippé, et qui est tout à la fois la volonté farouche de se hisser jusqu'au sommet, l'assurance mâle d'y parvenir et le désir d'y rester.

D'emblée en cette rentrée 1828, Richard vit qu'Évariste avait *une supériorité marquée sur tous ses condisciples*, qu'il ne travaillait *qu'aux parties supérieures des mathématiques* (tout cela est écrit sur le petit carnet, comme il est écrit que dans les autres matières son travail était *faible*, *néant*, *nul*, sa conduite *dissipée*). Richard ne fit pas que l'écrire : on peut supposer qu'il le dit. Aux enseignants, aux élèves, à Évariste lui-même il fit savoir combien ce jeune homme était génial, faramineux son raisonnement : « Galois, clamait-il à tout vent, devrait être admis hors ligne à l'École polytechnique. » Il le flattait comme on flatte l'encolure d'un cheval ; le donnait en exemple, en modèle ; chantait ses louanges ;

comme Raphaël sur Dante tressait sur sa tête une couronne de lauriers. Évariste jubilait.

Lesté des éloges de son professeur, viatique inépuisable pour un ego déjà enclin à prendre ses aises, il n'avait pas dix-huit ans quand son premier article parut : « *Démonstration d'un théorème sur les fractions continues périodiques* dans les *Annales de Gergonne*, les gars, le plus grand journal consacré aux mathématiques ! », plastronnait-il, sans doute, devant ses camarades béats d'admiration. Il n'y avait pas de quoi. Sur ces *juvenilia*, les biographes ont accordé leurs violons : s'il s'agit du travail d'un très bon étudiant, en rien il ne préfigure l'œuvre exceptionnelle qui allait advenir. Dans ces lignes, la révolution n'eut pas lieu. Il la réservait pour l'Académie des sciences. Par le truchement de Cauchy.

Que dire, de Cauchy, qui n'ait déjà été dit ?

Il est né, on le sait, en août 1789 à Paris. Autant dire au-dessus du cratère pendant l'éruption du volcan. On imagine l'enfance rythmée par les progrès de la petite vérole et par la faim, par les gargouillis d'un si petit ventre au fond duquel le vide paraît si grand, par la peur des charrettes qui s'en vont on ne sait où — ou plutôt on ne le sait que trop bien, place de la Révolution où la Révolution *dévore ses propres enfants* —, par les cris féroces des gens qui sont dans ces charrettes, et par les cris plus féroces et plus forts de ceux qui n'y sont pas, par la découverte, enfin, des mathématiques à travers la figure d'un triangle d'acier, gris, en biseau, qui se teinte de pourpre chaque fois qu'il tombe et se relève, inlassablement, chaque jour que Dieu fait (Dieu ou l'Être suprême, car Dieu, en ce temps, n'a plus voix au chapitre).

Ainsi furent les cinq premières années de la vie de Cauchy. Ces années, on ne les choisit pas, on les subit. La suite, on la choisit plus ou moins, et les choix de Cauchy furent radicaux, newtoniens : action, réaction. On guillotinait le roi ? Il serait royaliste. On fondait les cloches des églises ? Il serait catholique. On empêchait les prêtres de célébrer le culte ? Il serait dévot. On n'avait *pas besoin de savants* ? Il serait scientifique, membre de l'Académie des sciences, professeur à Polytechnique, au Collège de France. Le plus grand mathématicien de son temps. Et c'est à lui qu'Évariste remet son mémoire qui n'est pas encore tout à fait le miracle attendu mais en constitue les prémices, une ébauche du grand œuvre, du *magnum opus* que sera l'autre mémoire, celui qu'inlassablement il corrigera lors de la dernière nuit, avec frénésie le limant pour la postérité ou peut-être, moins ambitieux que la postérité, moins retors, pour s'en aller dans la clairière le cœur léger. Nous n'y sommes pas encore, dans la clairière. Cela viendra.

Nous sommes début juin 1829 ; il n'y a pas trois ans qu'Évariste a découvert les mathématiques ; déjà il fait jeu égal avec les plus grands, Poisson, Lacroix, Cauchy, oui, mademoiselle, même Cauchy. Et je les imagine, ces deux-là, le professeur auréolé de gloire et le jeune élève qui en est avide, le *de cujus* et son héritier présomptif ; ils sont quai de Conti, devant l'Académie, d'où ils voient la Seine et la coupole et dans la coupole les lauriers que l'un a sur la tête et l'autre dans le cœur, ou rue Descartes, devant l'École polytechnique, avec en arrière-plan la tour Clovis et plus loin une autre coupole, celle du Panthéon, ou bien ils font face au Collège de France, place Cambrai, et alors il n'y a ni tour ni coupole mais une volée de marches et un muret sur quoi ils se tiennent accoudés, tous deux fils d'un père qui se pique de poésie, tous deux mélancoliques et inquiets, romantiques, cheveux dans le vent de juin, redingotes et jabots blancs, chemises blanches sous quoi le poil frémit, les poitrines se gonflent, pour l'un de fierté et pour l'autre d'ambition bientôt dévoyée, se jaugeant l'un et l'autre, se demandant, peut-être, lequel de l'un ou de l'autre ira dormir sous la coupole quand le Vieux ou la patrie reconnaissante aura couché et le jeune et le vieux ; le plus vieux s'enquiert de l'empressement du plus jeune qui dans une lettre envoyée chez lui, rue Serpente, a insisté pour le voir ; le plus jeune hésite, minaude, se lance enfin, et dans la langue vernaculaire des mathématiques intelligible aux seuls initiés, glisse entre les mains du plus vieux son mémoire en même temps que ces mots : « Vous y trouverez, monsieur, des recherches sur les équations algébriques de degré premier. » Puis il le salue, s'éclipse, retourne à Louis-le-Grand. Cauchy, il en est sûr, va bientôt l'adouber.

Un mois a passé. Évariste est en classe ; comme à l'accoutumée il s'ennuie, fixe la porte en se demandant ce qui le retient de la prendre. La poignée se tourne, la porte s'ouvre sur le maître d'études qui interrompt le cours de physique (ou de chimie, il n'en sait rien ; il n'écoutait pas) : « Évariste Galois est demandé dans le bureau du proviseur. » Il tressaille. Enfin ! Cauchy est là. Il est venu lui-même à Louis-le-Grand s'incliner devant lui, Évariste Galois, comme Lagrange et Laplace s'étaient jadis inclinés devant lui, Augustin Cauchy. La suite, c'est une scène de cinéma.

Si l'on excepte un court-métrage en noir et blanc, il y a une cinquantaine d'années, jamais à ma connaissance la vie d'Évariste n'a été portée à l'écran. Ce film que personne n'a encore tourné, il m'arrive parfois d'en rêver, d'en voir quelques scènes mémorables dans une avant-première onirique, en pur esprit : celles des barricades, bien sûr, dans ce Paris enveloppé dans la fumée des canons ; celle, fameuse, du banquet interlope aux Vendanges de Bourgogne, où le couteau dans la main et la main au-dessus du verre, Évariste porte un toast tout aussi interlope, non moins fameux ; celle où harnaché comme un cosaque et saoul comme un Prussien, il est arrêté sur le Pont-Neuf ; celle de la cuite d'anthologie qu'il se prend en prison ; celles, évidemment, du coup de foudre et du coup de gueule, du coup de génie puis du coup de feu. Je les vois, ces scènes, je vois le champ/contrechamp du duel dans la clairière, Évariste puis son adversaire, les gros plans sur leurs visages tourmentés, je vois en caméra subjective et au ralenti la petite balle qui n'a pas encore été fondue ce 2 juillet 1829 en début d'après-midi, lorsqu'il dévale quatre à quatre les escaliers jusqu'au bureau du proviseur où il se présente en frissonnant d'émotion, avec tout au fond de lui quelque chose qui s'agite et qui le trouble et qui l'enflamme — il va rencontrer Cauchy tout de même, Augustin *fucking*

Cauchy venu en personne lui crier son admiration, accouru depuis l'École polytechnique ou le Collège de France pour l'accueillir, lui, Évariste Galois, au sommet de la Montagne, Cauchy, mademoiselle, le plus grand mathématicien de son temps !

Évariste toque à la porte, entre, se découvre le chef. Cauchy n'est pas là. Il n'y a que Laborie, le nouveau proviseur, assis derrière son bureau, avec sa fausse bonhomie, sa barbichette et son monocle (c'est comme ça que je l'imagine, mais rien ne prouve que sa bonhomie fût factice, je ne suis pas certain qu'à l'époque on portait déjà le monocle et, pour dire la vérité, je doute que la barbichette fût à la mode). Évariste se tient droit, respectueux, son chapeau entre les mains, la nuque légèrement inclinée, courtois sans être obséquieux, dubitatif : si Cauchy n'y est pas, dans ce bureau, il se demande pourquoi on l'a demandé, lui, Évariste Galois, ce qu'il fout là. Le proviseur l'invite à s'asseoir. Peut-être pense-t-il que pour entendre ce genre de choses il vaut mieux être assis. Lequel des deux rompt le silence en premier ? Je n'en sais rien. Dans un film il y aurait des dialogues : je laisse le soin aux dialoguistes de trancher. Disons que c'est Laborie. Pour atténuer ce qu'il s'apprête à lui annoncer (comme si on pouvait étaler des mots dans une phrase comme un baume sur une plaie), il tente quelque chose, noie le poisson dans l'eau :

— C'est à propos de votre père, mon pauvre Évariste... Il s'est passé... Comment dire... Quelque chose... Quelque chose d'assez grave... Juste à côté d'ici... Rue Jean-de-Beauvais... Vous pouvez y aller...

Je ne peux pas vous en dire plus… Sachez, mon petit, que je suis de tout cœur avec vous…

Mais après tout, mademoiselle, nous n'y étions pas. Peut-être cela s'est-il passé autrement, et il se peut que la scène fût absurde, aussi absurde que succincte :

— C'est à propos de votre père, Évariste. J'ai une bonne et une mauvaise nouvelle.

— Épargnez-moi la mauvaise.

— Il n'a pas souffert.

Ou encore que Laborie ne sachant comment s'y prendre et se foutant bien, d'ailleurs, de prendre des gants (ou alors des gants de boxe, de ceux qui d'un seul coup vous envoient au tapis), jugeât inopportun de faire traîner la procédure en y mettant les formes :

— Votre père, Évariste. Il s'est suicidé.

VII

Apparaît dans cette histoire Jean-Baptiste Chossotte. *Monsieur le curé*, comme on l'appelle, est arrivé au *Bourg* en 1822 — certains disent en 23. C'est un homme d'Église encore jeune, un Savonarole au petit pied qui a fait allégeance à son Dieu en même temps qu'à son roi. Nostalgique, lui aussi, du bon vieux temps, il a déclaré la guerre au maire de la commune, et le maire, comme on sait, est le père d'Évariste, Gabriel Galois.

Galois père était libéral, jacobin, autant dire, aux yeux du curé, le diable fait homme, l'Antéchrist en personne. On se souvient ou on ne se souvient pas qu'il taquinait la muse, s'occupait de littérature le dimanche ; le curé, lui, s'en souvint : il troussa quelques vers dans quoi il se payait la tête des habitants de Bourg-la-Reine — pour moitié esprits simples et crédules, pour moitié grenouilles de bénitier —, se moquait en alexandrins à rimes pauvres du penchant de l'un pour la bouteille, de la bigoterie d'un autre, de l'avarice d'un troisième, et les attribua au maire qui eut beau se défendre : le mal était fait.

Parti du chœur de l'église un dimanche après la messe, l'écho des vers outrageants avait contourné l'abside, heurté l'autel et le tabernacle, étouffé les flammèches qui tremblotaient sur des cierges rabougris, plongé dans l'eau froide et bénite des fonts baptismaux, éclaboussé une vieille dévote à genoux qui récitait ses prières, épousé les courbes des rosaces et de la voûte, les lignes des croix, fendu le transept et la nef, traversé le narthex, franchi le porche, s'était retrouvé plein de vigueur et d'entrain sur le perron grouillant de fidèles pour se propager dans les rues, dans les commerces, dans les auberges et les cafés, de maison en maison jusqu'à la grande maison bourgeoise aux fenêtres ornées de glycine, de sorte qu'à la tombée de la nuit tout le monde, au village, se répétait les rimes que pauvrement le curé avait mises sur le compte du maire, et le monde du maire se dérobait sous ses pieds : les petites vexations — on gardait son couvre-chef pour le saluer dans la rue, dans les cafés on disait à mots couverts qu'il *travaillait du chapeau* — en présageaient de plus grandes, et déjà il voyait le jour où, ne lui adressant ni mot ni regard, on dirait ouvertement qu'il était fou ; il étouffait.

Un matin, en octobre, Gabriel Galois convoqua son adjoint, lui délégua ses pouvoirs, fit ses malles et ses adieux à sa femme, et enveloppé dans sa pelisse de fange et d'opprobre il quitta Bourg-la-Reine, la grande maison bourgeoise pour une chambre de bonne sous les combles d'un immeuble miteux, rue Jean-de-Beauvais, à Paris. Les commérages l'avaient suivi dans son sillage : dans la grande ville, on bruissait de cet exil un peu louche ; au village, on le prenait pour un aveu. De la somme des médisances était née la calomnie ; la calomnie tenait.

Un autre matin, ou peut-être un soir, seul dans sa chambre de bonne, Gabriel Galois calfeutra la porte et la lucarne, se dirigea vers le réchaud à gaz inutile en plein juillet, s'allongea sur le lit. Pensa-t-il à sa femme, à ses enfants ? Et puis il connut un dernier moment d'ivresse, une chaleur dans la poitrine, des vertiges, peut-être aussi la peur qui vous étreint face à l'inconnu de la mort. Et puis rien. La mort, brute, stupide, intolérable. Plus rien.

Je suppose qu'il y avait dans l'immeuble *comme une odeur de gaz*, et que pour cela il fut évacué. Je ne sais pas si la porte de Gabriel Galois était fermée à clé, si on dut l'enfoncer, ou simplement la pousser. Je suppose qu'on trouva son corps gisant, inerte, et je ne sais pas si à côté de ce corps il y avait une lettre pour *expliquer son geste.* Je suppose qu'un médecin fut appelé, qu'il vit Gabriel Galois, sa peau verdâtre, son visage gonflé, ses lèvres vermeilles, et qu'au-dessus de ces lèvres il plaça un miroir. Je sais que sur le miroir il n'y eut pas de buée. Je suppose enfin qu'Évariste accourut, à son tour vit la peau verdâtre et le visage gonflé, les lèvres vermeilles. Et je veux croire que sur ces lèvres il posa un baiser.

Pour le reste, je ne sais rien. Il y a tant de choses que je ne sais pas. J'ai connu un homme, autrefois. Le jour de son anniversaire il a écrit une lettre, il est allé la poster, il est rentré chez lui, il a mis une cartouche dans un fusil, le fusil dans sa bouche et il a tiré. Qu'est-ce qui pousse un homme à tourner le canon d'un fusil contre lui, un père à ouvrir le gaz puis s'allonger sur un lit ? Qu'est-ce qui vous pousse à choisir la mort quand ce n'est pas elle qui vous choisit ?

Je pourrais vous parler de l'indicible douleur d'Évariste, vous dire que son père était la personne qu'il aimait le plus au monde, la clé de voûte de sa propre vie ; qu'il ne serait plus, dorénavant, qu'une lumière éclatante, dans l'effroi de la tempête, enveloppée de ténèbres éternelles ; que celui qui gravit la Montagne, celui-là, quoi qu'on en dise, ne se rit pas de toutes les tragédies : il pleure de tristesse et de colère, de dépit, comme la veuve la première nuit dans le grand lit à baldaquin : tout à l'heure, un ciel bas portait le deuil de l'été ; à peine rentrée dans la grande maison de la Grand'Rue elle s'est déshabillée à la hâte, elle a jeté son châle et son chapeau, sa robe de crêpe anglais, ses bas noirs et son chagrin au pied du lit sur quoi elle s'est allongée de tout son long, nue, et elle a pensé que sa peau encore lisse se flétrirait sans que plus jamais personne ne la touche : elle n'avait plus de mari ; et elle n'avait plus d'enfant.

On l'oublie trop souvent, mais c'est aussi l'enfant qui meurt quand meurt le père. La mort emporte le père dans la tombe, et la tombe se referme sur l'enfant. Et aussitôt la tombe n'est plus qu'un cénotaphe, car le père, transmué en colère, est allé se loger dans le ventre du fils. Ajoutez à cette colère légitime le légitime dégoût que lui inspirait le curé, celui-là même qui sans vergogne ayant poussé le père dans la tombe crut pouvoir prononcer son éloge funèbre, et vous pardonnerez l'offense du fils : pendant cette sournoise oraison, Évariste s'accroupit légèrement, ramassa une pierre lustrée par ses larmes, la fit tourner entre ses doigts, entre le pouce, l'index et le majeur, la serra très fort dans son poing, ferma les yeux, se remémora peut-être le cérémonial du baiser de son enfance, et par transposition substitua la douceur des lèvres paternelles sur son propre front à la brutalité de la pierre sur celui du curé. Il y avait des larmes. Il y eut du sang.

Alors il s'en alla, ce jeune homme pétri de dégoût mêlé de colère, en courant s'en revint à Paris, rue Descartes où on l'attendait de pied ferme en la personne de Dinet dont je pourrais vous parler plus avant ; je ne le ferai pas : je perdrais mon temps avec lui. Sachez seulement que Dinet est examinateur à Polytechnique, à jamais l'examinateur mesquin qui par deux fois a claqué la porte du rêve, de l'école tant convoitée à la gueule d'Évariste Galois. La mémoire, pour Dinet, primait sur la réflexion : il fallait être scolaire, médiocre, flamboyant dans la médiocrité. Vous aviez du génie ? Recalé. Évariste en regorgeait.

Face au cuistre il aurait pu ébruiter le drame, susciter son empathie. Il ne le fit pas. Tirer compensation de sa douleur le rebutait. Regardez-le, mademoiselle, regardez-le sur les cimes de la tristesse, au fond des yeux plein de fureur contenue. Dinet lui demande de calculer la surface d'un triangle à partir de son rayon ; Évariste procède de tête, néglige les développements ; donne la réponse, sûr de lui, condescendant ; on en vient aux logarithmes et là encore c'est trop facile, il répond du tac au tac, sans développer ; Dinet lui demande de préciser ; Évariste s'énerve : il ne travaille qu'aux parties supérieures des mathématiques et on attend de lui *des précisions* ? Il regarde le tableau, saisit une craie, le chiffon, se ravise ; ne bouge plus, ne dit rien ; reste là, les bras ballants, consterné ; repense à la pierre, au curé, à son père enfoui tout au fond de lui et tout au fond de la terre, là-bas, à Bourg-la-Reine ; et puis il entend le *rire fou* de Dinet qui s'impatiente : « Alors ? » Alors il finit par lâcher : « La voilà, ma réponse ! » Et il lui envoie le chiffon en pleine gueule.

VIII

Mais s'il y était entré, à l'École polytechnique ? S'il avait réussi ce foutu concours ? Si au lieu de lancer le chiffon à la gueule de Dinet, il avait fermé la sienne, effacé le tableau, répondu à la question ? On l'aurait admis, c'est certain. Et puis ? Il serait mort en Juillet, sans avoir eu le temps de rédiger le mémoire qu'il va bientôt rédiger. Ou plus tard, sur d'autres barricades, en 32, *par une journée mêlée de pluie et de soleil.* Peut-être aussi qu'il aurait vécu jusqu'à la Commune de Paris, et alors il aurait pris une balle en plein cœur. Ou il se serait assagi, serait devenu professeur de mathématiques, ventripotent et décati, docte, doctoral, ne se masturbant qu'en esprit sur des notes de bas de page, des lemmes, des théories. Ou alors, délaissant les mathématiques il serait parti au Choa, à dos de chameau vendre des armes à quelque ascendant de Ménélik. À moins qu'il ne se fût embourgeoisé, ce fils de bourgeois, épousant une fille de bourgeois et devenant à son tour père de bourgeois qui héritent plus qu'ils ne méritent, se laissent porter par la vie du berceau à la tombe. Il vaut mieux mourir à vingt ans.

Mais il n'y est pas entré, à l'École polytechnique. Il s'est rabattu sur l'École préparatoire qui ne vous dit rien et c'est normal : ce n'est qu'après les Trois Glorieuses qu'elle prit le nom de Normale. Cette école, du temps d'Évariste, n'avait rien de supérieur, n'était pas encore la pépinière féconde en grands hommes que l'on connaît aujourd'hui, et pour qui rêvait d'entrer à Polytechnique c'était un pis-aller, *être Thalès ou rien* : n'être rien, ou si peu. Et dans cette école qui au regard de l'autre n'était rien, il y entra brisé, avec son prurit de gloire et de lauriers, et il n'y fit rien d'autre que des maths, toujours des maths, poursuivant dans son coin les recherches que depuis le début j'élude mais me voilà acculé : il va bien falloir que je vous en parle enfin. En préambule, je dois vous faire un aveu qui me coûte : pendant longtemps, j'ai essayé de comprendre les travaux d'Évariste, sa théorie, en vain. J'ai beaucoup lu : des ouvrages scientifiques, des beaucoup moins scientifiques, de la vulgarisation. Rien n'y fait. Il me faudrait la vulgarisation de la vulgarisation pour y piger quelque chose.

Je dirai donc simplement — mais peut-être que vous savez déjà cela, tout le monde ne partage pas mon ignorance, ma nullité — que résoudre une équation, c'est trouver la valeur d'une inconnue. Pour trouver cette valeur, on a recours à des opérations parmi lesquelles, parfois, des extractions de racines. Pas de problème pour les équations de second degré : les Babyloniens sur leurs tablettes d'argile, du temps d'Hammourabi, les résolvaient en un claquement de doigts, comme Scipione del Ferro au XVIe siècle, à Bologne, sur son lit de mort murmurait la solution des équations du troisième degré à l'oreille de son gendre. Et puis, grâce à Ludovico Ferrari, Jérôme Cardan parvint à résoudre celle du quatrième degré. Toujours au XVIe et toujours à Bologne. Après, ça se corse, et ça se passe en France : en 1826, Abel, un Norvégien, découvre qu'il est impossible de résoudre l'équation générale du cinquième degré.

Et c'est là qu'Évariste entre en jeu (et déjà je ne comprends plus rien) : il démontre que pour qu'une équation irréductible de degré premier soit soluble par radicaux il faut et il suffit que, deux quelconques des racines étant connues, les autres s'en déduisent rationnellement. Inutile de hocher la tête en guise d'approbation, je le vois dans vos yeux : pas plus que moi vous n'avez pigé un traître mot. Sachez seulement que, pour aboutir à ce résultat, Évariste forge une théorie qui va innerver l'algèbre, la révolutionner : la théorie des groupes, dont on trouvait déjà les prémices dans le mémoire remis à Cauchy. Du moins le suppose-t-on car ce mémoire, désolé, mon cher Évariste, je n'arrive plus à mettre la main dessus, lui dit Cauchy un peu gêné, j'ai eu beau chercher, impossible de le retrouver, et pourtant je l'ai lu, c'est du bon travail, du très bon travail même, vous devriez le réécrire, y apporter des corrections et le présenter au Grand Prix de mathématiques décerné en juin, à l'Académie.

Va pour le Grand Prix. Juin. L'Académie. Mais avant il faut tout recommencer. Depuis le début, mon petit gars. C'est qu'en ce temps-là il n'y avait pas de clés USB, pas plus qu'il n'y avait de disques durs, de boîtes mails ou de ctrl + C, ctrl + V : on perdait un an de travail aussi facilement que sa virginité dans les bordels de la rue Saint-Honoré. Donc, refondre le mémoire. Vingt fois sur le métier. En venir à bout, de cette foutue théorie. Mais il n'y est pas encore. Il tâtonne. Il connaît des phases de doute, de stagnation. D'abattement. L'esprit se fourvoie et s'empêtre. La pensée, que l'on croyait redoutable, achoppe à de plus redoutables problèmes. Les doigts sont gourds, la plume lamentablement trépigne et trébuche — et elle trébuche souvent : « Le mathématicien, dira Darwin qui à cette époque collectionne les coléoptères et pressent peut-être déjà que l'homme descend du singe et le singe de l'arbre, le mathématicien est un aveugle dans une pièce noire cherchant à voir un chat noir qui souvent n'est pas là. »

Mais le chat le plus noir dans la pièce la plus noire finit bien par se laisser voir, du moins quand l'aveugle est *le Nombre en personne* : de même que l'écrivain pour qui une phrase n'est pas une phrase tant qu'elle n'est pas *la* phrase, pour qui le texte est corps et souffle, rythme et puissance, grâce et poésie, pèse chaque mot avant de le placer dans l'écrin de ses pages, s'incarne dans le verbe, est *le Verbe en personne*, le mathématicien qui dans une simple formule perçoit autre chose qu'une suite de nombres et de symboles obscurs, mystérieux, à savoir un moyen de se soustraire au monde pour mieux s'en emparer, d'échapper au réel pour mieux l'assujettir, ce mathématicien-là, mademoiselle, s'incarne dans le nombre comme l'écrivain dans le verbe, est *le Nombre en personne.* Évariste, quand il fait des mathématiques — et à cette époque il ne fait que cela — est *le Nombre en personne.* Un jour, le Nombre voit le chat.

Quand ? On ne sait pas. Les uns disent qu'à seize ans il l'avait déjà vu, les autres à dix-huit, quand sous un ciel de juin il remet son mémoire à Cauchy. Les uns comme les autres s'avancent un peu trop, sans doute : de la théorie des groupes, il n'avait aperçu que la queue. On sait en tout cas qu'il le vit tout entier, ce chat, avant février 1830, date à laquelle il dépose son grand œuvre à l'Académie, ce mémoire *sur les conditions de résolubilité des équations par radicaux* qui est à l'algèbre ce que le *Requiem* est à la musique, la *Saison* du gamin des Ardennes à la poésie. Fourier lui-même, secrétaire perpétuel de l'Académie, est chargé du rapport. Il va lire le mémoire, s'extasier, rédiger un éloge en bonne et due forme et alors on va voir ce qu'on va voir, ce sera la gloire et les honneurs, les lauriers, enfin !

C'était sans compter sur la mort : celle d'Abel, d'abord, et celle de Fourier.

De Niels Henrik Abel on pourrait parler pendant des heures : de la naissance, au fin fond de la Norvège, quand le siècle d'Évariste avait un an ; des premières années au presbytère de Finnøy, où les domestiques recevaient dix thalers pour douze mois de travail et *avec cela se débrouillaient très bien* ; de l'enfance à Gjerstad, dans une maison en bord de lac, en bois et en couleurs, qui le jour s'évanouissait dans la brume et la nuit dans la nuit ; du grand-père, le pasteur Abel, toujours emperruqué quoique la perruque fût passée de mode ; du père, pasteur lui aussi, aussi fidèle au Seigneur qu'au vin de messe, et encore plus fidèle à l'eau-de-vie ; de la mère, infidèle, insatiable, qui trompait son époux avec ses domestiques en même temps qu'elle trompait son ennui ; de l'école cathédrale où il fut envoyé à douze ans, dans cette capitale qui ne portait pas le si beau nom d'Oslo, mais celui, encore plus beau, de Christiania ; de l'éducation qu'on y prodiguait, à l'ancienne, à coups de férule et de fouet ; de ce professeur de mathématiques, Hans Peter Bader, une brute qui battait les mauvais élèves jusqu'au sang — et de l'élève sans nom qui mourut sous ses coups ; du remplaçant de la brute, le bon Bernt Michael Holmboe, qui pour Abel fut un Louis Richard, et des louanges à la Richard qu'il laissait dans le petit carnet : « Un don mathématique exceptionnel », « S'il vit, il sera un grand mathématicien » ; du père qui mourut calomnié quand le fils avait à peine dix-huit ans ; de l'équation du cinquième degré sur quoi ce fils aux cheveux blonds se penchait dans ses nuits blanches ; du long voyage jusqu'à Paris via Prague, Berlin, Vienne, l'Italie et la Suisse ; des *femmes de bonne volonté* dont il fit la connaissance au Palais-Royal, où l'on perdait son argent en même temps que son âme ; des mathématiciens de mauvaise volonté dont il fit la connaissance à l'Académie, où l'on perdait si facilement les mémoires : Poisson, *un petit homme avec un joli petit ventre*, Lacroix, *effroyablement chauve et remarquablement vieux*, Cauchy, *fou, catholique et bigot* ; des soixante-sept pages qu'il remit à Cauchy, justement, soixante-sept pages d'un mémoire qui représentait des mois, des années de labeur intense sur quoi Cauchy daigna à peine *jeter un regard* ; du retour en Norvège sans un sou et sans nouvelles de l'Académie ; du voyage en traîneau, à l'hiver 1828 ; de la neige et du froid, de la glace, et tout ça par amour d'une jeune Danoise aux cheveux roux ; de la phtisie ; de la longue agonie ; de la mort, à vingt-six ans.

L'approbation académique que du fin fond de la Norvège il était venu chercher à Paris, celle qui transforme quelques feuilles de papier en *monument plus durable que l'airain*, leur confère une valeur scientifique — et à leur auteur la certitude ou tout au moins l'illusion de n'avoir guère pissé dans un violon —, le jeune homme venu du froid a fini par l'avoir : c'est à lui qu'en juin 1830 fut décerné à titre posthume le Grand Prix de mathématiques, à égalité avec Jacobi (et après avoir parlé d'Abel le Norvégien pendant des heures on pourrait parler de Jacobi le Prussien, de la rivalité teintée d'admiration qu'entretenaient ces deux-là).

Évariste aussi admirait Abel : il aurait pu être son frère. Les frères d'Abel finissent mal, en général, aussi mal que les mémoires qu'ils déposent à l'Académie. Après la proclamation des résultats, étonné, tout de même, que ce mémoire qui révolutionnait les mathématiques au même titre, d'ailleurs, que les travaux des deux lauréats, étonné donc, que ce mémoire dont on parle encore deux siècles plus tard n'eût pas été cité — pas une seule fois, pas même un petit satisfecit pour son *Requiem*, sa *Saison*, l'œuvre de sa vie ! —, Évariste s'adressa au vieux monsieur du secrétariat pour le récupérer, puisque après tout la Vieille Dame n'en voulait pas :

— Votre nom ?

— Évariste Galois.

— Le rapporteur du mémoire ?

— Fourier.

— Mais enfin, jeune homme, Fourier est mort il y a un peu plus d'un mois. Votre mémoire est sans doute parmi ses papiers.

— Vous voulez dire que personne ne l'a lu ? Que je n'ai même pas concouru au Grand Prix ?

(Je vous laisse imaginer la réponse embarrassée du vieux monsieur bien esseulé face au jeune homme bien déconfit.)

Le jeune homme s'en va, verse peut-être une larme dans les bras d'Auguste Chevalier, son seul ami, un saint-simonien rencontré à l'École. Celui à qui lors de la dernière nuit il écrira la dernière lettre. Et puis il retourne en cours en maudissant l'Académie, les scientifiques et les sciences, cette école à la con où il n'a plus rien à apprendre. C'est la fin juillet. Le soleil tape fort. On s'emmerde dru. Si seulement il pouvait se passer quelque chose.

IX

Le 27 juillet 1830 tombait un mardi. Le 28 un mercredi. Le 29 un roi.

Cette révolution qui se fit le temps d'un éclair, on l'avait plus ou moins pressentie, soupçonnée, et les Parisiens sous Charles X étaient comme ces hommes de l'Ancien Testament qui, voyant les années converger vers zéro, devaient bien se douter qu'il allait se passer *quelque chose.* Depuis plusieurs mois, les nuages s'amoncelaient au-dessus des Tuileries ; fin juillet, le ciel était assez lourd pour que l'orage pût enfin éclater.

C'est qu'après le sacre de Reims et sa pompe féodale il y avait eu le *milliard des émigrés,* puis cette *loi sur le sacrilège* qui vous envoyait *ad patres* pour la profanation d'une hostie, puis le rétablissement du droit d'aînesse, puis la dissolution de la Garde nationale, et pour couronner le tout, sous l'égide du mystique Polignac, la constitution du ministère le plus réactionnaire qu'il fût possible de nommer. Ajoutez à cela une majorité de libéraux à l'Assemblée, le travail de sape de leurs journaux, un hiver rigoureux — c'est-à-dire de mauvaises récoltes, la hausse du prix du pain, des ventres creux : tous les ingrédients étaient réunis pour une belle fête populaire, avec feux d'artifice à volonté. Ne manquait plus qu'un artificier pour allumer la mèche : Charles X fut cet artificier ; la mèche, la violation de la Charte.

Parlons-en de la Charte. *Octroyée* par Louis XVIII à la France après la chute de vous-savez-qui pour lui redonner vous-savez-quoi, cette Charte aux accents médiévaux n'était pas médiévale pour autant, et sous ce nom qui fleurait bon l'Ancien Régime se trouvait un compromis : la conservation des acquis de la Révolution et de l'Empire contre le retour des Bourbons. De ce contrat entre le roi et son peuple, il y avait deux lectures possibles : l'une, parlementaire, en respectait la lettre et l'esprit ; l'autre, absolutiste, n'en respectait que la lettre. Louis XVIII s'en tint à la première ; son frère, poussé par les ultras, préférait la seconde : l'article 14 lui permettant de légiférer par ordonnance, c'est-à-dire, pour être clair, de faire ce qu'il voulait, comme *au temps du bon plaisir* il s'y risqua ; sombra : on n'était plus au temps du bon plaisir.

Le 26 juillet paraissaient dans *Le Moniteur* les ordonnances de Saint-Cloud. Il y en avait cinq, l'Histoire en retint quatre, je n'en citerai que trois : la première suspendait la liberté de la presse, la deuxième renvoyait la Chambre, la troisième restreignait le droit de vote. Ourdi dans le plus grand secret, ce coup de force emportait caducité du contrat : dans les rues, on grimpait déjà sur des chaises pour haranguer la foule, lui expliquer que le crime étant consommé, l'obéissance n'était plus un devoir, que le régime légal étant interrompu, celui de la force avait commencé. La foule écumant devenait peuple ; le peuple s'armait ; et Dumas, en partance pour Alger, donnait l'ordre à son domestique de lui rapporter *son fusil à deux coups et deux cents balles de calibre vingt.* Paris grondait. Il resterait à Paris.

Vous comprenez pourquoi ? Non, vous ne comprenez pas. C'est qu'aujourd'hui il n'y a plus de révolution possible : au premier coup de canon (à eau) le moindre attroupement se disperse. Le gouvernement ne craint ni la lanterne de 89, ni le pavé de Juillet (on ne pend pas aux lampadaires et le macadam se laisse difficilement arracher). Il n'y a guère que les lycées pour faire trembler le Château : quand ils se barricadent, quand la jeunesse est dans la rue, la rue exhale comme un parfum de révolution, de *Grand Soir*, de lendemains qui fredonnent. Puis les vacances arrivent ; chacun rentre chez soi (c'est qu'en fin d'année il y a le bac, l'année prochaine les études de droit, et dans vingt ans le vote à droite).

Le lendemain du 26, mardi 27 juillet donc, c'est la première Glorieuse : les journaux paraissent sans autorisation, appellent la haine sur la tête du gouvernement, proclament la nullité des ordonnances. Les commissaires de police venus saisir les presses trouvent porte close, mandent un serrurier qui sous la pression populaire renâcle à faire son travail, puis un autre qui, pas de chance, se laisse voler ses outils, puis un troisième qui à son tour se dérobe. Dans l'après-midi, un premier coup de feu part d'un balcon de l'Hôtel Royal, à l'angle de la rue Saint-Honoré. C'est un Anglais qui a tiré sur la foule, un Anglais, mademoiselle, donnant le *la* à une révolution française ! La troupe riposte : il est tué sur le coup. Depuis les balcons, pots de chambre et pots de fleurs, meubles, tabourets, un piano tombent dans la rue : c'est la mitraille populaire. Rue Saint-Honoré, une femme est tuée d'une balle dans le front : elle est portée à bout de bras par le peuple en colère, jusqu'à la place de la Victoire, où l'on dépose son cadavre aux pieds des soldats. Et puis on érige des barricades, ces remparts faits de bric et de broc, de pavés et de meubles, d'arbres, de pieux, de tonneaux, de charrettes, d'omnibus, de tilburys. On pille les armureries. On échange des coups de feu. La troupe fraternise avec le peuple. On entend des éclats de rire, des jurons, et entre les éclats de rire et les jurons le mot *feu !*, et en réplique à ce mot les cris de *Vive la Charte !*, *Vive la liberté !*, *À bas les Bourbons !* Quai de l'École, on aperçoit le drapeau bleu-blanc-rouge, trois couleurs pour lesquelles un gamin est mort en les plantant sur un pont : le gamin s'appelait Arcole ; ainsi s'appellera le pont. La Garde nationale ressuscite pour défendre les boutiques. Stendhal a fermé sa fenêtre : il écrit *Le Rouge et le Noir.* Hugo a fermé sa fenêtre : il écrit *Notre-Dame de Paris* (et sa femme est en train d'accoucher). Un peu partout, on bat le rappel. Et le roi, que fait-il pendant que Paris est à feu et à sang ? Le roi est à Saint-Cloud, il joue une partie de whist. Hier, en forêt de Rambouillet, il est allé à la chasse : il n'a tué que le temps. *Aujourd'hui, rien.* L'Histoire bégaie, se répète, c'est une vieille rombière qui radote sans cesse, et dans la voix de Marmont annonçant à son roi que le peuple se soulevait dans Paris, c'est bien celle de Liancourt que l'on pouvait entendre en écho : « — C'est une révolte ? — Non, Sire, c'est une révolution. » Et pourtant, à la fin de cette première journée d'émeute dont il ne savait pas encore qu'elle marquait la fin d'une époque, la sienne, Charles X n'avait pas l'air inquiet : les rois ne voient pas la rue depuis les fenêtres de leur palais. Tout cela, pensait-il, n'est qu'un feu de paille, un feu de paille qui ne ferait qu'un peu de fumée. *Paris ne bougera pas.*

Allons-y dans Paris. Vous sentez comme ça bouge ? Et vous sentez comme ça pue ? Ça pue la sueur et le sang, la poudre des fusils, les chevaux éventrés ; ça pue sous les aisselles des poissardes et dans les étals des marchands ; ça pue la vase de la Seine, la pisse et le crottin, la poussière, et encore la sueur, et encore le sang. Et tout ça pue dans la moiteur de juillet qui décuple l'odeur. Pincez-vous le nez ; écoutez, plutôt : la mousqueterie, le tohu-bohu des canons, les bourdons et les cloches qui sonnent le tocsin — ou peut-être le glas de la monarchie ; écoutez *La Marseillaise*, et entre deux strophes du chant sacré les pleurs de la Révolution qui est *la Nation tout entière moins ceux qui l'exploitent*, et entre deux sanglots les cris, toujours les mêmes, à la gloire de la liberté, à la mort des Bourbons. Et maintenant, regardez. Vous voyez les barricades, les poutres et les pavés, les sabres, les baïonnettes, les tours de Notre-Dame qui disparaissent dans la fumée ? C'est bien. Baissez la tête. Vous voyez cet homme sans pantalon, la chemise à demi arrachée, qui dort aux pieds d'un suisse avec ses guêtres blanches, sa capote bleu-gris, son shako posé à même le sol ? Et à côté du shako, l'épaulette blanche du cuirassier ? Il fait un somme, lui aussi. Laissons-les dormir ; ceux-là ne s'éveilleront pas de sitôt. Maintenant, relevez la tête et regardez, juste là, devant vous, l'étudiant au béret de velours noir, la giberne en bandoulière, les pistolets en main ; le haut-de-forme du bourgeois, sa ceinture de flanelle et le tromblon auquel il s'agrippe en tremblant ; la cocarde blanche de l'ouvrier, le pistolet qui pend à sa ceinture, le briquet qu'il tient dans sa main droite ; le bicorne sur la tête du polytechnicien, et le bonnet de police des voltigeurs de la garde sur celle du gamin ; le paysan au foulard rouge, à genoux, qui émerge des décombres, se redresse, lève la tête vers le bleu, le blanc et le rouge du drapeau que brandit par la hampe une fille aux pieds nus, au sein nu, au bonnet phrygien. Vous les voyez ? Vous les reconnaissez ? C'est le peuple, mademoiselle. Et le peuple est dans la rue. Ébénistes, tanneurs, portefaix, porteurs d'eau, chiffonniers, gantiers, tailleurs, marchands de tabac, colporteurs, tisserands, ramoneurs, étudiants, ouvriers, arracheurs de dents, chaudronniers, imprimeurs, demi-soldes, journalistes, catins. Dans la rue, mademoiselle, l'arme au poing.

Évariste ? Évariste n'est pas là. Il n'est pas auprès de l'homme à demi nu, pas plus qu'il ne dort auprès du shako, et vous ne le trouverez ni à côté du bicorne, ni d'ailleurs à côté du bonnet de police, du béret, du haut-de-forme, ni même à côté du foulard ou du bonnet phrygien. Alors, me direz-vous, rien d'anormal :

ceci est un tableau. Un Delacroix. On ne vous la fait pas. Pas à vous. Je sais que vous savez. Ce sourire que vous croyez imperceptible vous trahit. Ce que je raconte là, vous l'avez vu au Louvre, salle Mollien, au premier étage de l'aile Denon. Qu'importe. Ce que je cherche à vous dire, c'est qu'Évariste n'aurait pas pu y être, sur ce tableau : pendant que sur les barricades shakos et bicornes faisaient le coup de feu, il croupissait dans son dortoir, s'y morfondait, impétueux, frénétique, exalté. Impuissant.

Le 29, au lever du jour, quatre à six mille barricades s'élevaient dans Paris. Chaque édifice battait pavillon tricolore et dans chaque rue, chaque faubourg, sur chaque boulevard on se battait sous un soleil de plomb. Et puis, vers midi, les troupes royales se retirèrent sur Saint-Cloud : les soldats de la Liberté avaient triomphé. Talleyrand, diable boiteux, interrompait la dictée de ses *Mémoires* : « Mettez en note, dit-il à son secrétaire, que le 29 juillet 1830, à midi cinq minutes, la branche aînée des Bourbons a cessé de régner sur la France. » Le trône était vacant ; les Tuileries mises à sac ; quelques suisses furent massacrés, pour la forme ; des fosses furent creusées : on les emplit de morts. Les banquiers pouvaient sortir de chez eux pour accaparer la victoire, et Charles X, qui refusait de monter en charrette, qui avait peur, sans doute, que le 29 juillet fût un autre 21 janvier, cheminait déjà en pensée vers un exil sans retour.

Le peuple avait chassé le roi ; il fallait maintenant le remplacer. Mais le remplacer par qui, et le remplacer par quoi ? Par le fils de l'Empereur ? Depuis que

Las Cases avait importé de Sainte-Hélène la grande cymbale de la Légende, ce *Mémorial* qui était comme un cinquième évangile, on ne pouvait s'empêcher d'y penser. Mais il était trop tôt pour ranimer la flamme, et, de là où il était, l'Aiglon n'avait pas de flambeau assez long : il attendait son heure ; elle ne viendrait jamais. Par la République ? Elle *exposerait aux divisions, brouillerait la France avec l'Europe*, et la République faisait peur : l'écho du long couteau de l'Égalité dans sa chute égalisant ses victimes avait retenti jusqu'en 1830, et la République telle qu'on se la remémorait, celle du glaive de prairial qui avait forgé ses vertus dans la terreur et le culte de la décollation, cette République-là terrorisait les bourgeois, effrayés à l'idée qu'elle pût renaître à nouveau. La République était une folie, à moins que La Fayette… Mais La Fayette ne voulait pas. Il fallait autre chose, quelqu'un d'autre, un juste milieu. Alors quoi ? On n'allait tout de même pas substituer à ce roi déchu un autre roi, remplacer la monarchie héréditaire par une monarchie élective, changer, non de régime, mais simplement de dynastie ? Si.

Qu'est-ce qu'une révolution ? Des gens qui se tirent des coups de fusil dans une rue : cela casse beaucoup de carreaux ; il n'y a guère que les vitriers qui y trouvent du profit. Le vent emporte la fumée ; ceux qui restent dessus mettent les autres dessous ; l'herbe vient là plus belle le printemps qui suit : un héros fait pousser d'excellents petits pois. On change, aux bâtons des mairies, les loques qu'on nomme drapeau. La guillotine, cette grande prostituée, prend au cou, avec ses bras rouges, ceux que le plomb a épargnés, le bourreau continue le soldat, s'il y a lieu, ou bien le premier drôle venu grimpe furtivement au trône et s'assoit dans la place vide. Et l'on n'en continue pas moins d'avoir la peste, de payer ses dettes, d'aller voir des opéras-comiques, sous celui-là comme sous l'autre. Ce n'est pas moi qui le dis, mademoiselle, c'est un romantique. Un gilet rouge. Les rouges s'y connaissent en révolutions.

Le premier drôle venu, en l'espèce, s'appelait Louis-Philippe ; il était duc d'Orléans. Son père, le grotesque Égalité, était le cousin des trois frères qui avaient posé leur cul sur le trône, bourreau de l'aîné dont il vota la mort pour ne pas connaître lui-même les honneurs de l'acier (il les connut). Et c'est cet homme providentiel, plus ou moins providentiel, cet homme dont le père avait fait couler le sang des Bourbons qui coulait bleu dans ses veines, c'est cet homme que le peuple consentit de mauvaise grâce à mettre sur le trône après que La Fayette l'eut drapé dans les glorieuses couleurs. On connaît la suite : *en lui donnant le baiser républicain, le Héros des Deux Mondes en fit un roi,* roi des Français et non de France, roi de cette royauté meurtrie, asservie, de cette monarchie de Juillet à l'oreille de laquelle on murmurait déjà : « Tu es barricades et aux barricades tu retourneras. »

X

Les barricades avaient fait un bon millier de morts dans les rues de Paris ; elles firent une exclusion de l'École normale — une *victime collatérale.* Après Juillet, Évariste eut l'insulte facile : une lettre de Sophie Germain au comte Libri mentionne vaguement cette *habitude d'injures* dont le jeune homme lui a donné un échantillon à l'Académie. Sur cette affaire qui à l'époque fit quelque bruit à l'Institut, on n'en sait pas beaucoup plus et à vrai dire on s'en fout. Seulement, elle montre l'état d'esprit d'Évariste au lendemain d'un rendez-vous manqué doublement : par lui, qui était dans son dortoir, à Louis-le-Grand, c'est-à-dire nulle part, et surtout pas sur le tableau de Delacroix ; par les républicains, qui n'étaient *que* sur le tableau, seulement sur le tableau (avoir des hommes au combat n'était pas suffisant, il en fallait aussi dans les coulisses, sans quoi la victoire vous était dérobée, le rouge et le bleu du drapeau se diluaient dans le blanc, et la branche cadette héritait d'une France débourbonisée par vos soins).

Il est temps, peut-être, d'expliquer pourquoi Évariste n'était pas dans la rue quand shakos et bicornes, hauts-de-forme et bonnets, bérets, foulards, têtes nues, va-nu-pieds, tout Paris, quasiment tout Paris, se battait ou faisait mine de se battre, peu importe — dans *le feu de l'action* on ne sait plus très bien qui fait quoi. On sait qu'Évariste ne fit rien, qu'il aurait voulu se battre lui aussi, *aller au feu*, figurer sur le tableau de Delacroix. Il n'y figurait pas.

Dès les premiers soulèvements il avisa Guignault, le directeur, qu'il souhaitait quitter l'École sur-le-champ, sortir dans la rue pour entrer dans l'Histoire. Or Guignault ne savait pas encore de quelle encre l'Histoire s'écrirait : il eut peur d'associer le nom de son établissement à une petite révolte populaire, à de vulgaires escarmouches que les troupes royales allaient mater promptement. Il convoqua Évariste, les quelques élèves prêts à lui emboîter le pas, les assura de son soutien, leur fit promettre d'attendre au lendemain. La nuit porte conseil, mes enfants. Et si demain vous désirez toujours sortir, vous aurez ma bénédiction, mais pour ce soir, je vous en prie, regagnez le dortoir, mes chers petits, et demain, oui, demain.

Les chers petits hésitèrent, se concertèrent et promirent, retournèrent au dortoir, s'endormirent, rêvèrent peut-être aux glorieux combats qui dès le saut du lit… Et quand au saut du lit comme un seul homme ils se levèrent, prêts à transformer la fougue de leur jeunesse impétueuse en matière à récits héroïques, poussèrent la porte du dortoir pour gagner le couloir et de là gagner la rue puis la bataille contre les troupes du roi, la porte était fermée. À double tour. Ils s'étaient fait berner, les chers petits.

Évariste fulmine. Il entend le bruit des canons, des fusils ; aperçoit à travers les fenêtres la fumée qui s'élève très haut dans le ciel ; devine les barricades, et derrière les barricades les polytechniciens en Grand Uniforme, tangente et bicorne, cocarde blanche arrachée, jouant *au petit général* pendant que lui... Il les voit, ces jeunes gens qui ont son âge mais pas le quart de son génie, commandant quelques hommes, au côté de ces hommes trinquant à des lendemains plus heureux, avec eux fumant le caporal dont chacun solennellement bourre sa pipe avant de la casser. Il est prêt à ce sacrifice. À donner pour la patrie son corps qui ne donne que sur la porte, à coups de coudes, d'épaules et de poings et qu'il finit par enfoncer. Mais derrière cette foutue porte il y en a une autre, celle de l'entrée principale, et celle-là est gardée jour et nuit. Il tente de faire le mur, escalade celui séparant la cour de l'école de la rue du Cimetière-Saint-Benoist. Échoue. Le mur est trop haut. Et la grille ? Il la considère, hésite, j'y vais, j'y vais pas. Renonce. Trop risqué. Et puis il y a Guignault. Il le trouve dans son bureau, lui quémande à genoux le droit de sortir, le supplie. Guignault est trop con — ou pas assez, c'est selon : il ne sait toujours pas de quelle encre... Alors il attend. Le 28, il menace Évariste de rétablir l'ordre en appelant la police. Le 29, il *ombrage son chapeau d'une cocarde tricolore.* Le 30, il met ses élèves « à la disposition du Gouvernement provisoire ». Évariste s'en va, retourne à Bourg-la-Reine, défend les *droits des masses devant sa famille consternée.* Et puis c'est l'été qui s'en va et c'est déjà la rentrée.

Dans la *Gazette des Écoles,* un élève de Normale fait paraître une lettre anonyme fustigeant l'attitude du directeur en Juillet. Guignault rassemble les élèves, et brandissant l'objet du délit s'adresse à chacun d'eux : « Êtes-vous l'auteur de la lettre ? » L'un après l'autre ils répondent que non, qu'ils n'auraient pas osé... Et puis vient le tour d'Évariste : « Répondre à cette question, monsieur, contribuerait à dénoncer un camarade. » On le met à pied en attendant de le mettre à la porte. Il se défend, publie une autre lettre, cette fois signée de son nom. Les scientifiques le soutiennent, les littéraires s'indignent, restent fidèles à Guignault qui, ne voulant pas *laisser l'École entière sous le poids de la faute d'un seul élève,* purement et simplement s'en débarrasse, sans autre forme de procès — sinon celle de la décision du Conseil que lui-même, Guignault, s'avise de conseiller.

Évariste, en attendant, donne un cours d'algèbre supérieure, rue de la Sorbonne, chez le libraire Caillot. De ce cours, on ne sait que deux choses : qu'il était destiné aux jeunes gens désirant approfondir leurs connaissances dans des domaines où pour ma part je n'en n'ai aucune ; que ces jeunes gens étaient une quarantaine à la leçon inaugurale, cinq la semaine suivante, zéro celle d'après. Et puis la décision tombe enfin : exclusion définitive. Il retourne une dernière fois à l'École, salue ses camarades, merci, au revoir, à bientôt, claque la porte — celle, peut-être, qu'à coups de coudes, d'épaules et de poings... Et maintenant ? J'irais bien faire un tour dans la rue.

Les a-t-il arpentées, ces rues parisiennes, comme vous et moi nous les arpentons aujourd'hui ? Est-il retourné rue Jean-de-Beauvais, où l'on trouve un petit square avec un phellodendron de l'Amour, une statue de Ronsard, une autre de Dante et un peu plus loin, en contrebas, une volée de marches par quoi la rue s'interrompt brutalement, et avant les marches un immeuble, et au dernier étage de cet immeuble une soupente qui n'est plus habitée ? A-t-il poussé jusqu'à la rue de l'Ourcine, où il apprendra à ses dépens que l'amour et la mort se côtoient ? Est-il rentré à Bourg-la-Reine, étreindre la veuve Adélaïde, quelque part dans la Grand'Rue où de vieilles photos sépia m'apprennent qu'au n° 108, à côté d'une maréchalerie il y avait un hôtel ? À moins qu'il n'ait erré sans but, entre Les Vendanges de Bourgogne, faubourg du Temple, et les stations de métro Glacière et Corvisart, où de son temps il n'y avait rien, presque rien, des arbres, un étang, une clairière. On ne sait pas.

Ce qu'on sait, en revanche, c'est qu'il a traîné du côté de la rue des Bernardins, que croisent le boulevard Saint-Germain et la rue des Écoles. Il faudrait qu'un soir je vous y emmène. Au n° 16, il y a un bar à cocktails où l'on peut descendre des verres dans un chesterfield en velours, en tête à tête avec un raton laveur empaillé. Nous trinquerons à la santé d'Évariste ; peut-être son fantôme nous fera-t-il l'honneur de trinquer avec nous : entre son éviction de Normale et son séjour en prison, c'est là, au-dessus de ce bar à cocktails — mais à l'époque il n'y avait pas de bar et encore moins de cocktails —, qu'Évariste a vécu.

C'est là, au n° 16 de la rue des Bernardins, qu'il a fini de refondre son mémoire, ce mémoire égaré par Cauchy, par Fourier. Et c'est de là qu'un matin de janvier il est sorti haletant, précédé, sans doute, d'un petit cercle de fumée blanchâtre expectoré par sa bouche et aussitôt désagrégé par le vent, tournant à gauche sur le quai de Montebello puis remontant le quai Saint-Michel, sur celui des Grands-Augustins longeant la Seine à grands pas, jusqu'au 23, quai de Conti, devant l'Académie, où il remit son mémoire à Poisson, Siméon Denis Poisson, sur qui il nous faut dire deux ou trois mots.

De Poisson il nous faut dire que son nom de roturier le prédestinait à la roture, à devenir postillon, charpentier, chiffonnier. Il nous faut dire aussi que Poisson sut oublier qu'il s'appelait Poisson et, plutôt que la cravache, la varlope ou la hotte, Poisson dès son jeune âge eut le piolet entre les mains ; qu'il fut envoyé à l'École centrale de Fontainebleau, et qu'il y fut, si j'ose dire, comme un poisson dans l'eau ; que là-bas des hommes qui n'avaient pour eux que du passé lui prédirent un avenir, l'École polytechnique, l'Académie des sciences, par ici une médaille, par là une distinction, le *cursus honorum* des mathématiques, la gloire et les lauriers, et même, peut-être, un théorème à son nom ; que bien sûr il ne les déçut pas, qu'il fut admis à l'X et que bien sûr il y brilla ; que Lagrange devint son ami et Laplace son père, pas son père biologique — celui-là, s'il n'était pas déjà mort, ressassait les guerres de Hanovre en épuisant sa demi-solde dans des bocks en argent —, mais son père en mathématiques, celui qui sans le dire, car ces choses-là ne se disent pas, elle se font tacitement, lui mit le mousqueton au baudrier, sans quoi l'ascension est plus rude, le chemin plus long ; que dans cette filiation il puisa la force de s'adonner aux mathématiques, de s'y adonner tout entier, « parce que la vie n'est bonne qu'à deux choses, disait-il en parlant d'elles : à en faire et à les professer » ; qu'il en fit, et plutôt bien ; les professa, et plutôt bien ; qu'il eut la gloire et avec la gloire les lauriers ; qu'à défaut d'un théorème c'est une loi mathématique qui prit son nom que l'on peut voir depuis le Champ-de-Mars, entre ceux d'Arago et de Monge, gravé en lettres d'or parmi soixante et onze autres sur le phallus en fer puddlé que le monde entier nous envie.

Mais il nous faut dire également qu'il reçut le mémoire d'Évariste comme Dinet à Polytechnique le chiffon ; que malgré *tous ses efforts pour comprendre la démonstration*, il ne put la comprendre, ou peut-être, ce qui est pire, il ne le voulut pas ; que dans ces pages où à chaque ligne éclatait le génie il ne vit qu'un idiome obscur, sibyllin, dépourvu de tout et surtout de génie. Il nous faut dire enfin que pour ajouter de l'offense à l'offense il ne présenta son rapport qu'au bout de six mois : fin mars, il n'avait toujours pas examiné le mémoire (et cela on le sait parce que Évariste s'adressa comme il savait si bien le faire au président de l'Académie dans un petit bijou plein de sarcasme : « Veuillez, Monsieur le Président, me faire sortir d'inquiétude en invitant MM. Lacroix et Poisson à déclarer s'ils ont *égaré* mon mémoire ou s'ils ont l'intention d'en rendre compte... », qui se termine par la formule d'usage : « Agréez, Monsieur le Président, l'hommage de votre respectueux serviteur » — ce qui sonne aussi faux que *L'Internationale* dans la bouche d'un facho : en guise *d'hommage*, c'est *l'ultimatum d'un jeune homme excédé qui vous pisse à la raie* qu'il faut y entendre, et c'est sans doute ainsi que Poisson l'entendit. C'est pourquoi, peut-être, il le fit mariner, ce jeune fat, pour conclure que son mémoire ne renfermait qu'une « proposition analogue à celui d'Abel », que « ses raisonnements n'étaient ni assez clairs ni assez développés »). Pauvre Poisson ! Il ne pouvait pas se douter, alors, que la gloire d'Évariste grandissant, son nom à lui s'effacerait petit à petit, pas jusqu'à disparaître, non, mais à devenir l'objet d'injures et de risée, de sorte que s'il a été jadis au sommet de la Montagne, aujourd'hui il n'y est plus tout à fait. C'est un peu plus bas qu'on le trouvera, sur un versant escarpé, enneigé, et pas sur l'adret ; non, c'est à l'ombre, sur l'ubac, que désormais il a sa place : la roture, tout compte fait, a fini par le rattraper.

Maintenant, disculpons Poisson. Arrachons-le à la vindicte populaire. Donnons-lui un peu de soleil. Foutons-le sur l'adret. À sa décharge il nous faut dire qu'Évariste n'était pas toujours clair, qu'il manquait parfois de rigueur, de précision, empruntait des chemins de traverse, court-circuitait les étapes du raisonnement, faisait *l'analyse de l'analyse*, s'affranchissait des canons académiques, sautait *à pieds joints* sur les calculs, négligeait les développements, leur préférait ellipses et raccourcis, procédait par intuitions. Il nous faut dire aussi qu'il était *absolument moderne*, en avance sur son temps, beaucoup trop en avance, que sa pensée marquant une rupture dans l'histoire de la pensée il eût fallu, pour la comprendre, sortir de son propre schéma de pensée, de sorte que le pauvre Poisson devant son mémoire avait tout des cardinaux inquisiteurs face aux travaux de Galilée, les petits Savonarole corsetés dans l'étroitesse de leurs conceptions géocentriques, dans les vieilles lunes qui voulaient la Terre au centre de l'Univers, un monde ferme qui ne chancelait pas, mais prétendaient néanmoins lui dicter comment va le ciel quoiqu'ils fussent à peine capables de lui expliquer comment on y va. *Eppur si muove.*

En vérité, personne, du temps d'Évariste, n'aurait pu comprendre le mémoire d'Évariste — sauf peut-être Cauchy mais Cauchy, fidèle aux Bourbons, s'était réfugié en Suisse ou en Italie ; restons à Paris : Évariste vient de remettre son mémoire à Poisson, et dans ce mémoire il a mis toute sa vie, il a mis ce père qu'il ne voit plus et ces barricades qu'il n'a pas vues, il a mis ce roi qui a confisqué Juillet que Guignault lui a confisqué, il a mis tous les Chossotte de la terre et aussi tous les Dinet, il a mis cette foutue école qui ne veut plus de lui, et l'autre, qui n'en a jamais voulu ; et dans chaque page il a mis la fortune à venir, et dans chaque ligne la gloire espérée. Voilà ce qu'il a mis dans ce mémoire qu'en main propre il vient de remettre à Poisson, devant l'Académie, les yeux levés par-delà la coupole vers le ciel où peut-être il y a quelqu'un, peut-être pas, on n'en sait rien. Il n'a plus qu'à attendre les conclusions de Poisson, attendre qu'on le couvre d'or et le coiffe de lauriers (or nous savons qu'il n'aura ni l'or ni les lauriers mais lui, tournant le dos à Poisson et déjà rebroussant chemin vers le bar à cocktails, ne le sait pas encore). Et ce qui le domine en attendant, ce n'est plus la fureur des mathématiques, mais celle, plus basse, beaucoup plus basse, de la politique.

XI

Alors parlons politique, puisqu'il nous y oblige. Au pouvoir, on le sait, il y avait le roi, Louis-Philippe, or le roi, on le sait aussi, ne faisait que régner ; il ne gouvernait pas. Celui qui gouvernait, alors, s'appelait Casimir Perier, banquier devenu président du Conseil, chef de file du parti de la Résistance qui au-dedans voulait l'ordre sans sacrifice pour la liberté, et au-dehors la paix sans qu'il en coûtât rien à l'honneur. Et de fait il eut et l'ordre et la paix, mais au prix de la liberté et dans le déshonneur : il matait les révoltes à grands coups de grandes *seringues à clystère,* de sabres et de fusils, à grand renfort de fantassins et de dragons suppléant la Garde nationale, ce legs de 89 habilement transformé en milice de bourgeois bedonnants qui préféraient une injustice à un désordre. Et quand la Garde à elle seule était inapte à remédier au désordre, M. Perier envoyait vingt mille hommes (les Canuts le savent, qui ont vu leur *révolte* réprimée dans le sang — vous voyez comme les mots sont dociles ? L'insurrection qui échoue est une *révolte* ; celle qui réussit, une *révolution*). Ce parti au pouvoir, ce *parti de l'ordre*, était, disons, de centre droit. Sur sa droite, il y en avait trois qui comme quatre se haïssaient : les légitimistes, fidèles à la branche aînée des Bourbons ; la duchesse de Berry, qui comptait sur les chouans pour fourbir ses armes en Vendée ; les bonapartistes, dont le champion fourbissait les siennes en Suisse, dans le canton de Thurgovie. Sur sa gauche, au centre gauche plutôt, il y avait le parti du Mouvement, tenant d'un trône populaire entouré d'institutions républicaines, qui eut son heure de gloire dans la foulée de Juillet quand Laffitte, un banquier lui aussi, devint brièvement président du Conseil. Et puis encore plus à gauche il n'y avait pas de parti mais une religion, une religion avec un dogme infaillible, un texte sacré, des prophètes sans tête, des fidèles dévoués. Cette religion s'appelait République, mademoiselle, et parmi ses fidèles il y avait des avocats, des marchands, des rentiers, des hommes de lettres, des savants, quelques ouvriers, un mathématicien. Tout ce beau monde se retrouvait dans des clubs, des sociétés secrètes où pour chauffer les esprits à coups de harangues et de sermons on chauffait le Verbe dans le vieux chaudron révolutionnaire, dans la vieille caisse de résonance jacobine qui galvanisait ces hommes et dont l'écho faisait trembler les lustres un peu partout — jusqu'au Château, disait-on. Parmi ces sociétés secrètes il y en avait une qui était un peu moins secrète que les autres, qui rue Montmartre avait pignon sur rue : la Société des amis du peuple, un agglomérat de francs-maçons, de libéraux, de saint-simoniens, de carbonari, de jacobins plus ou moins modérés, plus ou moins virulents, dont certains étaient nostalgiques de la loi de prairial, quand la guillotine levait puis baissait son bras unique avec le même zèle et la même régularité, le même flegme impassible qu'un agent de la circulation. Ceux-là étaient des fous furieux, des martyrs de la cause, et je crois qu'Évariste fut l'un d'eux. Il se foutait bien, alors, des mathématiques — *son cœur s'était révolté contre sa tête* — et il n'avait que faire de gravir la Montagne : il était montagnard à la façon de Robespierre, de Saint-Just, de Danton, des grands hommes changés en grands bustes de bronze, en grands principes désincarnés.

Avec les plus virulents de ces hommes virulents il fut de tous les soulèvements, de toutes les émeutes qui début 1831 agitèrent Paris. Il s'enrôla dans l'artillerie de la Garde dissoute dans la foulée, et il y fit connaissance avec Duchâtelet, Ernest Duchâtelet, un étudiant en droit qui devint son ami, peut-être même bien plus qu'un ami, un frère, frère d'armes et de sang qui faisait les quatre cents coups aux quatre coins de Paris. Et cette ville qu'il aimait tant, cet *abrégé du monde* que pour rien au monde il n'aurait quitté, au nom des trois couleurs Évariste lui infligea les derniers outrages, du faubourg Saint-Antoine au Jardin du Roi, du mont-de-piété à la porte Saint-Denis.

Fut-il parmi ceux qui tentèrent d'écharper les ministres de Charles X, les quatre *fools* tentés par la force en juillet et par la fuite en août, rattrapés, internés au fort de Vincennes où fin 1830 ils attendaient d'être jugés ? On connaît l'histoire : les républicains souhaitaient que le sang des barricades fût vengé par celui de la guillotine, et pour cela ils réclamaient les têtes de Polignac et consorts (car ces gens-là réclamaient volontiers des têtes) ; ils ne les eurent pas. En guise de protestation (car ces gens-là protestaient volontiers), ils envahirent le Luxembourg, attaquèrent les gardes nationaux, leur jetèrent des pierres, des tessons de bouteilles, les blessèrent à coups de poing et de maillet : dix-neuf d'entre eux furent arrêtés, accusés de complot, enfermés quelques mois, jugés en assises, acquittés en avril, célébrés en mai. Évariste n'était pas avec ces dix-neuf, en tout cas pas ce jour-là.

Mais il fut bientôt parmi eux. Car ces dix-neuf-là on les retrouve faubourg du Temple, aux Vendanges de Bourgogne, une guinguette dont le rez-de-chaussée donne sur un vaste jardin ; il est cinq heures ; la marquise, étonnamment, n'est pas sortie ; la lumière pleut sur les ormes qui ombragent une centaine d'invités, et bientôt ils sont près de deux cents, joyeux, égrillards, jubilant dans mai triomphal, et parmi ces deux cents il y en a quelques-uns sur qui j'aimerais vous dire quelques mots.

À tout seigneur tout honneur — quoiqu'il ne fût pas l'un et que de l'autre il fît peu de cas —, commençons par Dumas. Alexandre Dumas. Il n'a pas trente ans ; il est dramaturge ; de sa plume est sorti *Henri III et sa cour*, petit scandale en prose qui ne fait plus scandale ; de sa plume ou d'autres plumes — sur cela on a déjà tout dit — sortiront Athos, mousquetaire, Bragelonne, vicomte, Margot, reine, Faria, vieil abbé que l'on croit fou mais qui ne l'est pas, Haydée, esclave quoique fille de pacha, Luigi Vampa, bandit, Milady, intrigante,

Danglars, commis aux écritures, crapule doublée d'un salaud — mais pour l'heure ceux-là sont quelque part entre la plume et l'esprit, Milady est encore chaste, et Danglars un honnête homme. Depuis six jours, Dumas triomphe au théâtre avec *Antony*, qui de son propre aveu n'est ni un drame ni une tragédie mais une scène d'amour, de jalousie et de colère, en cinq actes et en prose (c'est que pour les vers il n'a pas le génie de l'autre, celui qui fit le petit scandale d'*Hernani*). Donc il est là, aux Vendanges de Bourgogne, l'auteur d'*Antony*, le visage émacié de 1832 qui n'est pas celui, rond et replet, de la postérité, la moustache fine, taillée, les cheveux crépus (on sait qu'il descendait d'un nègre, comme on disait alors, un nègre de Saint-Domingue, civilisé, qui n'avait pas d'os lui traversant le nez, pas plus en tout cas qu'il n'avait chez lui de marmite pour ébouillanter les Blancs, un bon nègre donc, mais un nègre tout de même, lippu comme un nègre, à la peau de suie comme Haydée, au nez large, écrasé, aux cheveux crépus, à la bite épaisse et mordorée, et on sait que de cette ascendance on se gaussait dans les salons — à ses risques et périls, du moins si l'on en croit l'histoire, mille fois racontée, de ce dîner au cours duquel un blanc-bec lui rappelant ses origines crut pouvoir mettre les rieurs de son côté : « Mais au fait, cher maître, vous devez vous y connaître, en nègres, avec tout ce sang noir qui coule dans vos veines », et Dumas, cinglant : « Vous ne croyez pas si bien dire : mon père était un mulâtre, mon grand-père un nègre, mon arrière-grand-père un singe. Vous voyez, monsieur, ma famille commence là où la vôtre finit »). Ce mulâtre de père n'était pas n'importe quel mulâtre : il avait servi la République, la ceinture tricolore de général en chef autour de la taille, diable noir sur son cheval cambré tel qu'on peut le voir sur le tableau de Pichat, *en grande tenue de bataille, beau comme un Murat*; quant au fils, quoiqu'il ne fût pas l'un des dix-neuf acquittés, il avait fait son plus beau drame en Juillet, et à ce titre il méritait le haut bout de la table d'honneur. On le mit à côté de Raspail, chimiste, médecin, carbonaro, qui avait refusé la croix de Juillet : pensez, mademoiselle, faire tomber le roi de France pour être décoré par celui des Français !

Entre les cheveux crépus du quarteron sublime et ceux un peu dégarnis de Raspail, il y a la tignasse blonde d'un jeune homme dont Évariste plus tard va croiser le chemin, là où se croisant les chemins se séparent à jamais. Ce jeune homme a pour nom Pescheux d'Herbinville, il fait partie des dix-neuf acquittés, il a vingt-deux ans, déjà de belles études derrière lui — on parle de droit et de Saint-Cyr ; il est soigné de sa personne, délicat dans ses manières — on a trouvé chez lui, dira Dumas, des cartouches enjolivées de faveurs roses, enveloppées dans du papier de soie. Et puis il y a aussi, à ce banquet, les frères Cavaignac, Godefroy et Eugène, Achille Roche, Blanqui, l'insurgé permanent, Lamarque, Guinard, Trélat, Sambuc, Arago, Francfort, Audry, Duchâtelet, cent cinquante autres qu'il me faudrait nommer, mais les plats vont refroidir et les convives ont faim.

Évariste aussi : de renommée. Or il est au fond de la salle, loin de la table d'honneur, en charmante compagnie, sûrement, mais en compagnie de ceux dont on ne connaît pas le nom ; on connaît peu le sien : c'est un simple comparse, un second couteau. Et c'est par la grâce d'un couteau que de lèvres en lèvres son nom résonnera bientôt jusqu'aux appartements du roi, aux Tuileries, où peut-être Marie-Amélie de ses lèvres charnues fait reluire son sceptre cependant qu'on s'apprête à outrager sa couronne. Ce couteau est un poignard, Évariste l'a acheté pour quatorze francs chez Mme Henry, coutelière, dont le nom ne nous dit rien de plus que celui de M. Badin, coutelier, qui pour quarante sous quarante ans plus tôt avait vendu à une jeune Normande de quoi frapper un vieux fou. Il s'en sert pour découper les victuailles dont regorge la table : volailles, chevreuils, cochons de lait rôtis, fricassées de poulets, lièvres, dindons — les amis du peuple, les vrais.

On ripaille, on festoie, dans les vapeurs de vin et de champagne on porte des toasts : Raspail à la breloque qu'il a refusée, Arago au soleil de Juillet, Dumas à la plume et au pinceau, au fusil, à l'épée. On applaudit. On boit. Et puis, à quinze ou vingt couverts de la table d'honneur, un jeune homme lève son verre « à Louis-Philippe ». Il y a ceux qui entendent et il y a ceux qui voient : les premiers le conspuent, les seconds applaudissent ; les premiers n'ont pas vu le poignard dans la main du jeune homme, ouvert, brandi comme une épée de Damoclès au-dessus du verre dans quoi le vin tangue, ondoie, miroite sur l'acier poli de la lame : aux oreilles, ce toast est un hommage ; à la vue, c'est une menace, une *provocation à un attentat contre la vie et la personne du roi des Français* (et pour cela dès potron-minet des hommes sans manières viendront quérir le jeune homme chez lui, et sans manières mais dépositaires de l'autorité légitime l'enverront valdinguer au fond d'une boîte sans trou, sans lumière, sans espoir, un *panier à salade* qui l'emmènera sur l'île de la Cité, jusqu'à la Conciergerie, un hôtel sans charme et sans étoile et qui pourtant ne désemplit pas). Le regard torve, un sourire frondeur à la commissure des lèvres, le jeune homme voit peut-être, à l'autre bout de la salle, un homme s'esquivant par la fenêtre pour esquiver les ennuis. Cet homme a les cheveux crépus.

XII

Si on sait qu'il fut réveillé en sursaut dès potron-minet, par quoi, cela on ne sait : le bruit mat d'un sabot ferré sur le sol ? Le heurt d'un fourreau d'épée contre sa porte ? Des chevaux s'ébrouant dans les lueurs brillantes et rosées du petit matin ? Une voix rauque, gutturale, qui lui intime de se rendre *sur-le-champ* ? Ou peut-être — puisqu'il n'est pas exclu que perdu de gros rouge il fît une nuit blanche — rien du tout ?

Il y avait alors deux entrées à la Conciergerie : celle de la cour du Mai, dévolue aux hommes qui allaient rendre la justice ; l'autre, par le quai de l'Horloge, privilège de ceux contre qui elle devait être rendue. Par l'une, vous étiez certain de ressortir, par l'autre, rien n'était moins sûr (ou sinon pour aller en place de Grève, ce qui ne présageait rien de bon) ; aussi, mieux valait-il entendre le bruit de ses pas résonner dans la cour que sur le quai, mais si d'aventure c'est par le quai que vous deviez pénétrer en ces lieux, vous trouviez alors sur la gauche, ou sur la droite, je ne sais plus, le bureau du greffier, passage obligé avant de rejoindre une pistole qui avait sûrement accueilli quelques noms parmi les plus illustres que la France ait connus. Dans ce bureau il y avait un miroir. Dans ce miroir le visage pâle, défait, de ceux qui pour la première et peut-être la dernière fois s'y voyaient.

Sans doute Évariste s'inspecta-t-il dans ce miroir, et si on suppose qu'il se vit, ce qu'il vit, cela non plus on ne sait. Si l'on en croit le signalement du registre d'écrou, il mesurait un mètre soixante-sept, avait les cheveux *châtains,* les sourcils *idem,* le front *carré,* les yeux *bruns,* le nez *gros,* la bouche *petite,* le menton *rond,* le visage *ovale.* Ce signalement est l'œuvre d'un dénommé Affroy, rond-de-cuir de l'administration pénitentiaire que j'imagine lever paresseusement sa tête d'ahuri, une bonne grosse tête de poivrot, couperosée, examiner Évariste d'un air apathique, d'une main indolente rapporter sur le registre d'écrou *cheveux châtains, sourcils idem, front carré,* etc., terminer sa besogne et rentrer chez lui, battre sa femme, fumer sa pipe, boire un demi-litre de vinasse au goulot, jouer une partie de trictrac puis se coucher. Et je ne peux m'empêcher de penser que cet homme qui a vécu, frappé, bu, fumé la pipe, joué au trictrac et dormi (ce qui au regard d'une vie n'est pas grand-chose mais n'est pas *rien*), n'a fait, au regard de l'Histoire, que remplir une fiche administrative en des termes si vagues que l'on peine aujourd'hui à imaginer la physionomie d'Évariste. C'est pourquoi je le tiens, cet Affroy, pour le plus grand jean-foutre que la Terre a porté : la tâche anodine, minuscule, qui lui incombait dans cette vie, la seule qui eût justifié sa misérable existence, il réussit à la bâcler, de sorte qu'on ne sait pas vraiment à quoi ressemblait Évariste. Comme on n'a guère, là-dessus, d'autre témoignage que celui du jean-foutre et que Niépce commençait à peine à donner de l'avenir au passé, il nous faut en dernier recours nous fier aux deux seuls portraits qui nous sont parvenus.

Le premier vaut ce qu'il vaut, c'est-à-dire pas grand-chose : non qu'il fût l'œuvre d'un artiste tout à fait dépourvu de talent, mais l'artiste était juge et partie. On y voit un jeune homme de quinze ou seize ans qui a l'air plutôt *beau gosse* à un âge où d'ordinaire on est plutôt ingrat. On y voit aussi et surtout une redingote à deux rangées de boutons, au col large, d'où émerge une tête qui semble dépourvue de cou.

Et puis il y a l'autre portrait d'Évariste, celui qu'en fit son frère *in memoriam* et de mémoire, en 1848. Il est imberbe, nous regarde comme il nous sourit, en coin : il se fout de notre gueule. La redingote est anthracite, ou du moins c'est ainsi qu'on la devine. Je regarde souvent ce portrait. Il me fait penser à un autre portrait, celui de cet homme sans âge, ce Romain qui vécut en Égypte, pendant les Évangiles, il y a deux mille ans. De cet homme on ne sait pas grand-chose. On sait seulement qu'il passa par la province de Fayoum, au sud de Memphis et du Caire ; que sur son chemin il croisa un Grec, un *peintre de la vie* ; que devant ce Grec il posa de face et que peut-être il trembla ; que par ce Grec dont la palette n'avait en tout et pour tout que quatre couleurs — l'ocre rouge ;

le blanc de plomb ; l'*atramentum*, plus noir que noir ; le *sil*, ce jaune tiré du limon que l'on trouvait dans les mines d'argent — il fut représenté à l'encaustique sur une planche en bois qui était du figuier de sycomore ou du cyprès ; qu'il gratifia ce Grec d'une obole ou d'un sac de grains ; qu'il vécut, mourut, fut embaumé, momifié, placé dans un sarcophage avec le portrait du Grec qui n'était plus seulement un portrait mais son passeport pour le royaume d'Osiris. C'est à cet homme qu'Évariste me fait penser. Et pourtant il ne lui ressemble pas : cet homme a un cou de taureau, le visage buriné, le nez de travers, la barbe fournie, les cheveux bouclés. Alors quoi ? Les cernes peut-être. Oui, ce doit être les cernes, ces cercles bleuâtres qui lui bouffent légèrement les yeux — ce qui arrive, en général, quand on s'adonne à quelque chose tout entier.

Donc il s'inspecte dans le miroir et en effet il a l'air fatigué — on le serait à moins. Le jean-foutre du registre d'écrou lui demande s'il veut envoyer une lettre. Il acquiesce : « Je suis sous les verrous, écrit-il à Auguste Chevalier. Tu as entendu parler des Vendanges de Bourgogne. C'est moi qui ai fait le geste... » Cela pourrait sonner comme un aveu, lui porter préjudice. Cette lettre, il le sait, sera décachetée, lue, copiée avant d'être remise à son destinataire. Aussi ne tombe-t-il pas dans le piège et prépare-t-il sa défense : de même que l'époux adultère s'exonère de toute responsabilité en mettant sa faiblesse d'un soir sur le compte de l'alcool, Évariste impute ses propos aux libations qui animèrent le banquet : « Mais ne m'adresse pas de morale, ajoute-t-il, car les fumées du vin m'avaient ôté la raison. »

À la Conciergerie, c'est à peine s'il a le temps de la retrouver. En attendant le procès, dans un mois, c'est rue du Puits-de-l'Ermite, à Sainte-Pélagie, qu'on l'envoie, Sainte-Pélagie où l'on ne trouvait pas uniquement les petites frappes qui d'ordinaire peuplent les prisons : outre les droits-communs, il y avait des *mômes*, des gavroches aux pieds nus dont personne ne voulait, des détenus pour dettes, des vieux grognards nostalgiques de l'Empire qui n'avaient plus que la mort pour solde, mais aussi des *politiques*, des peintres, des écrivains, bref, un vrai *bottin mondain*.

Entre ces murs, bien qu'il cultivât l'art de se tirer une balle dans le pied, Évariste n'eut guère longtemps à tirer. Son avocat avait un système de défense efficace, mensonger comme peuvent l'être les systèmes de défense : prétendre qu'après son fameux « À Louis-Philippe » aux accents régicides, son client avait ajouté « ... s'il trahit ! » — ces derniers mots s'étant perdus dans le tohu-bohu des convives parmi lesquels, fort heureusement, on en avait trouvé quelques-uns dont l'ouïe était aussi fine que le témoignage serait faux (et ceux-là viendraient jurer avec aplomb avoir entendu le jeune homme compléter ses menaces d'un codicille qui en atténuait la portée).

Évariste joua le jeu — du moins au début : « Je voulais désigner Louis-Philippe aux poignards dans le cas où il trahirait, c'est-à-dire dans le cas où il sortirait de la légalité. » Puis, quoique son avocat l'eût imploré de faire profil bas, il ne put s'empêcher d'accabler le pouvoir, plaidant contre lui-même, dit-on, avec une verve qu'on avait rarement vue. Il avait là une tribune, il voulait s'en emparer : « Il est permis de penser que Louis-Philippe pourra trahir la nation… Tous ses actes, sans indiquer encore sa mauvaise foi, peuvent permettre de douter de sa bonne foi… Voyez son avènement au trône, dont tout le monde sait ici qu'il fut préparé de longue main… » À mesure que le jeune homme s'enfonçait, son avocat, mortifié, cherchait la parade. Habile, il dit simplement : « Je réclame qu'on s'en tienne aux faits reprochés à l'accusé. Tout le monde y gagnera, même la personne à laquelle on fait allusion. »

Après quoi il y eut la procession des témoins, ceux à charge, graves comme la justice, comme elle solennels, sentencieux — les employés des Vendanges, le maître d'hôtel, les portiers, le sommelier, un marchand-boucher —, et ceux, moins nombreux, à décharge — des patriotes, des républicains. Le réquisitoire fut sévère, impitoyable : ce jeune homme, ce *répétiteur de mathématiques*, comme il s'était présenté, était dangereux, exalté, il méritait la prison, rien d'autre que la prison, pendant des mois, des années s'il le fallait.

Puis vint le moment que tout le monde attendait, l'apogée de la pièce (car le prétoire est un théâtre, mademoiselle, un théâtre où l'on ne fait pas semblant), quand juste avant l'épilogue et la tombée du rideau rien n'est encore joué : la plaidoirie. C'était oublier que l'art de l'avocat n'est pas toujours — ou tout au moins pas seulement — dans ce subtil agencement d'envolées lyriques, d'effets de manche et de rhétorique, qui n'est au mieux qu'un moyen d'amuser la galerie, au pire un artifice subtil, particulièrement sournois, inventé il y a des siècles par quelque ténor du barreau contraint de justifier des honoraires exorbitants. Car le juge, lui, ne s'en laisse pas conter. Il se borne à appliquer le droit, et le droit est implacable, froid : il n'a que faire des grands discours, fussent-ils admirablement déclamés. Pour emporter sa conviction, il faut se montrer vétilleux, tatillon, trouver la brèche juridique et s'y engouffrer, traquer le vice de procédure, exhumer tel précédent jurisprudentiel, invoquer tel alinéa de tel article de tel code auquel personne n'avait songé — enculer les mouches, si vous voulez.

Évariste eut la chance, ce jour-là, d'avoir un avocat qui sut les enculer (avec leur consentement — on restait dans la légalité). Il s'appelait Dupont, on l'appelait Maître Dupont ; un mois plus tôt il avait fait acquitter les dix-neuf. Le voilà qui s'avance à la barre, Me Dupont, massif, triomphal, sûr de lui. Le président lui donne la parole, mais lui tarde à la prendre, ne dit rien, ménage ses effets. Il balaye les jurés du regard, et les jurés n'ont d'yeux que pour cet homme qui porte la robe noire à manches longues, fermée par devant, et sur cette robe l'épitoge, *veuve*, dépourvue d'hermine, et le rabat plissé blanc ; les gants blancs ; sur le chef la toque noire à galon d'or qui ressemble à un chapeau, qui se porte comme un chapeau, qui n'est pas un chapeau. De ce chapeau, ou de cette toque puisque je vous dis que ce n'est pas un chapeau, Me Dupont va sortir son va-tout, il va jouer ce va-tout, et avec ce va-tout qui tient en deux mots prononcés de sa voix de stentor, distinctement, en appuyant les syllabes, il va anéantir l'accusation : « réunion privée ». Il n'en dit pas plus, tout le monde a compris : le banquet s'est tenu entre amis, entre patriotes, et nul n'est comptable de paroles prononcées dans un cadre privé, fussent-elles attentatoires à la vie du roi. *Coup d'audience*, mademoiselle. Le procureur soupire, Évariste sourit, le jury rend son verdict : « Acquitté ! »

Libre, il ne le fut pas longtemps. Après juin il y eut juillet, et en juillet, le 14, les républicains avaient prévu d'entonner des chants patriotiques au son mâle des tambours et clairons, en défilant de la place du Châtelet à celle de la Bastille, où un arbre de la liberté orné de rubans tricolores devait être planté, comme au bon vieux temps. Pour ce défilé, et bien qu'il n'en eût pas le droit (le droit, il se l'arrogeait), Évariste, accompagné de Duchâtelet, avait décidé de revêtir son costume d'apparat, l'uniforme d'artillerie de la Garde nationale, veste de drap bleu, pantalon de drap rouge, shako orné d'un galon de laine et d'une flamme de crin. Au reste, parce qu'il pressentait qu'il allait y avoir du grabuge, il se pourvut d'un fusil, d'un pistolet, et le grabuge pouvant tourner au corps à corps à l'antique il dissimula sous sa chemise un poignard dont l'histoire ne dit pas s'il était le même qu'aux Vendanges, quand *les fumées du vin* lui avaient ôté la raison (mais je te jure, chérie, que c'est à cause de l'alcool).

L'histoire en revanche dit bien qu'ils furent arrêtés sur le Pont-Neuf, emmenés au Dépôt où, sur un mur et on ne sait trop à l'aide de quels outils, Duchâtelet eut l'idée de dessiner une poire, à côté de cette poire une guillotine avec une phrase au-dessus, et d'y mettre, dans cette phrase, ce *ô* vocatif qui se couvre le chef et lui donne une allure emphatique, guindée : « Philippe portera sa tête sur ton autel, ô Liberté. » Il connaissait son droit, il savait qu'injurier le roi était un crime, que les crimes relevaient de la cour d'assises, qu'en cour d'assises il y avait des jurés et que ces jurés, dernièrement, s'étaient montrés indulgents à l'égard des républicains. La justice ne fut pas dupe, et c'est en correctionnelle qu'on le jugea, comme plus tard on le jugerait avec Évariste pour ce délit terrible, effroyable, qui fit trembler la monarchie de Juillet : port d'un costume prohibé.

Au matin, escortés par deux gendarmes l'un et l'autre descendirent du panier à salade, franchirent une porte massive qui ouvrait sur un couloir sombre, exigu, entre deux murs épais. *Welcome back to* Sainte-Pélagie. La bonne vieille Pélago.

XIII

On sait qu'à Sainte-Pélagie il fit carousse avec des gens de sac et de corde, des gredins que la dive bouteille tenait en éveil et en vie ; que ces hommes qui se tuaient de leur propre allumelle lui tendirent un piège ; que n'ayant pas vingt ans il tomba dans le piège, dans le rite initiatique qui existe partout, a toujours existé, prend racine dans la nuit des temps quand on flanquait pour la première fois une sagaie entre les mains du jeune Neandertal qui devait chasser le mammouth, et qui, perdurant à travers les siècles, est arrivé en 1831 sous la forme d'une bonbonne d'eau-de-vie que d'une traite il fallait boire au goulot — et *cul sec,* comme on dit aujourd'hui.

On le sait parce que Raspail a écrit tout cela. Vous vous souvenez de Raspail, celui que tout à l'heure, aux Vendanges de Bourgogne, j'ai présenté en trois mots — chimiste, médecin, carbonaro ? On le retrouve avec Évariste, en prison. On raconte, ou plutôt Raspail nous raconte, que l'eau-de-vie entrait clandestinement par la grille ; qu'un prisonnier tenait cantine, sans patente, sans d'autre but que s'enrichir et assouvir la soif des locataires de Pélago ; que ceux-là entraînaient *Zanetto* — le surnom d'Évariste — à se saouler avec eux ; qu'il accepta le défi, saisit le godet comme Socrate la ciguë, le présenta à ses lèvres innocentes ; le but d'un trait ; qu'au deuxième verre il chancela ; qu'au troisième il perdit l'équilibre : pour le railler on le traita de gamin que trois gouttes faisaient tituber, allez, retourne à tes mathématiques, Zanetto, et viens pas nous emmerder. Il n'y retourna pas, ou du moins pas tout de suite.

Il voulait qu'on le considère comme un homme, un vrai, avec des couilles, de la barbe, un gosier : quand de sa voix rogommeuse un *bravache d'estaminet* gueula qu'il n'était qu'un poltron incapable de boire, Zanetto se dirigea vers lui, saisit la bouteille d'eau-de-vie qu'il tenait, cul sec la vida, ivre, shakespearien lui lança à la figure comme il avait lancé la pierre au curé, le chiffon à l'examinateur de Polytechnique, les anathèmes de la République à la monarchie de Juillet. Le *jeune* homme avait mérité ses galons de soûlard ; on abandonna l'épithète.

On sait aussi que dans Sainte-Pélagie ce jeune homme trop pressé reçut le rapport de Poisson, dont Poisson se servit comme d'une luge pour glisser du sommet vers l'ubac, le versant d'ombre, *la roture, tout compte fait* ; que le jeune homme en conçut de la rancœur, de l'amertume et du dégoût ; qu'il prit cette rancœur, cette amertume, ce dégoût pour en faire une préface à de futurs travaux, un libelle où il tape allègrement sur Poisson, l'Académie, les examinateurs de Polytechnique, l'égoïsme qui règne *urbi et orbi* et surtout dans les sciences. Cette préface est connue. Elle commence ainsi (et elle continue, sur le même ton, sur plusieurs pages) :

> *Premièrement, le second feuillet de cet ouvrage n'est pas encombré par les noms, prénoms, qualités, dignités et éloges de quelque prince avare dont la bourse se serait ouverte à la fumée de l'encens avec menace de se refermer quand l'encensoir serait vide. On n'y voit pas non plus, en caractères trois fois gros comme le texte, un hommage respectueux à quelque haute position dans les sciences, à un savant protecteur, chose pourtant indispensable (j'allais dire inévitable) pour quiconque à vingt ans veut écrire. Je ne dis à personne que je doive à ses conseils ou à ses encouragements tout ce qu'il y a de bon dans mon ouvrage. Je ne le dis pas : car ce serait mentir. Si j'avais à adresser quelque chose aux grands de ce monde ou aux grands de la science (et au temps qui court la distinction est imperceptible entre ces deux classes de personnes), je jure que ce ne serait point des remerciements.*

On raconte encore que parmi les rosses de Sainte-Pélagie un seul homme trouvait grâce à ses yeux : Raspail, à qui Évariste, enhardi par le tord-boyaux que d'une traite il avait descendu, décida de confier ses tourments et ses peines. En s'accrochant à son bras il lui dit qu'il l'aimait, qu'il lui manquait quelque chose, ou plutôt quelqu'un qu'il puisse aimer comme il avait aimé son père aux yeux tristes comme la pluie en été ; quant aux filles, il ne pourrait aimer qu'une Tarpeia ou une Gracque : à cause d'elles il finirait par mourir en duel. On débat si cela est apocryphe, ou le funeste présage d'une fin qu'il connaissait à l'avance ; si Raspail n'a pas arrangé cela après coup, *à sa sauce* comme on dit vulgairement, *a posteriori* forgeant la légende de son jeune ami.

Après s'être confié à Raspail, Évariste, fiévreux, fut allongé sur un lit, dégueula ce qu'il avait dans le ventre, de l'eau-de-vie et un goût de mort, des échecs à Polytechnique, des mémoires perdus et peut-être son père. Quatre jours après sa cuite de plomb, il passa à trois centimètres de la mort, de l'aller simple pour rejoindre le père, mais la balle fut déviée, effleura Évariste pour aller se loger dans l'épaule d'un autre détenu : le Vieux, là-haut, avait décidé que son heure n'était pas encore arrivée. On appela au secours ; les gardiens accoururent, s'enquirent, avisèrent : le coup de feu était parti depuis le grenier d'une mansarde sise en face, juste en face, là-bas, rue du Puits-de-l'Ermite. Évariste accusa les gardiens, le directeur, la terre entière d'avoir attenté à sa vie ; le directeur lui-même arriva dans la chambre, bouche bée, réprima un spasme en le voyant bouche ouverte, fulminant sur ses deux jambes, et non, comme il l'avait peut-être prévu, *ad vitam aeternam* allongé. Évariste et deux autres détenus l'insultèrent copieusement : ils furent envoyés au trou, tous les trois, pendant trois jours et trois nuits.

L'histoire aurait pu en rester là, et trois jours et trois nuits plus tard Évariste aurait regagné sa cellule avec une bonne fièvre, sans faire de bruit. Mais l'incident a eu lieu le 29 juillet 1831, un an, jour pour jour, après les Trois Glorieuses. Un peu plus tôt dans la journée, un catafalque a été dressé dans la cour de la prison. Les républicains ont entonné *La Marseillaise*, commémoré les journées de Juillet, chanté leur amour de la patrie, juré qu'un jour la révolution aurait lieu pour de bon — ils ne savaient pas qu'il faudrait l'attendre dix-sept ans, cette révolution, et qu'un matin de décembre le pâle épigone de l'Empereur la noierait dans le sang.

La suite, on la connaît — les livres d'Histoire l'ont relatée : l'eau-de-vie échaude les esprits, Sainte-Pélagie est un baril de poudre, une pétaudière que la moindre étincelle peut faire exploser. La nuit passe, les pistoles s'ouvrent. Il manque trois prisonniers. On envoie une délégation dans le bureau du directeur, on veut savoir où ils sont. Au cachot ? Parce qu'ils ont reçu un coup de feu ? *En avant !*

Et à ce mot les autorités prennent la fuite ; les portes roulent sur leurs gonds, se referment sur les femmes des employés qui à la suite de leurs maris émigrent en désordre, sous l'œil amusé des prisonniers ôtant leur casquette — l'insurrection n'est pas exclusive de la courtoisie. Avec de lourdes chaînes on bloque les grilles de la cour ; à l'aide de planches on barricade portes et fenêtres, le tout dans un tumulte égrillard, joyeux. Et puis on attend. Toute la journée on attend qu'il se passe quelque chose. Il ne se passe rien : le préfet est au bal de la cour, il danse avec le roi-citoyen et la grille résiste aux baïonnettes de la troupe. La nuit tombe. Des mouchards ouvrent les portes, la troupe charge, les assiégés s'enfuient. On sort Évariste du cachot. Il en est sûr : cette balle qui lui a frôlé la tempe lui était destinée. Trois centimètres à gauche et c'en était fait de Galois, de la théorie des groupes, de cette histoire que depuis tout à l'heure vous feignez d'écouter. Trois centimètres à gauche, et il n'y avait pas de procès.

XIV

Mais il y eut un procès.

Et celui-là ne fut pas du ressort des assises, non, cette fois le régime ne se fit pas berner. Foin des jurys populaires ! Ils n'étaient pas toujours fiables, et quoiqu'on pût aisément les soudoyer, leur graisser la patte, on n'était jamais sûr de rien : souvent, ils vous promettaient un verdict impitoyable, une lourde condamnation, et vous retrouviez l'accusé pavoisant sur les marches du palais de Justice, la mine triomphante, acquitté. Non, cette fois, il fallait un juge unique, un bon robin du tribunal correctionnel qui avait fait allégeance au régime, qui dans un jugement *indépendant* et *impartial* grimerait les ordres des Tuileries sous les oripeaux du Droit. Et les ordres étaient clairs : que l'allégorie de la Justice brandisse bien haut le glaive, et qu'elle frappe un grand coup. La balance ? Elle pouvait se la carrer où on pense, et profond avec ça. On avait laissé Évariste s'échapper après Les Vendanges, on n'allait pas derechef lui donner une tribune et le regarder s'en tirer. Au *crime contre la sûreté de l'État,* passible des assises, on substitua un chef d'accusation moins grave, mais qui avait le mérite d'être à la merci d'un seul homme, lui-même à la merci d'un autre qui, peut-être, en sous-main, était à la merci d'autres encore : *port illégal d'uniforme militaire* et *port d'armes prohibées.*

Le procès fut bref ; le verdict vite prononcé : Duchâtelet écopa de trois mois, et parce qu'en plus du fusil et des pistolets on avait trouvé sur lui un poignard, Évariste fut condamné à six. Il en avait passé trois en préventive, et à la veille de son anniversaire on lui apprenait qu'il lui en restait encore le double à tirer. *Happy birthday !* C'était à s'imbiber les doigts et à les foutre dans une prise électrique ; il ne le fit pas : on s'éclairait encore à la bougie. De bougie, il n'en souffla aucune ce 25 octobre 1831 où, n'eût été la prison, on lui en aurait mis vingt sur un gâteau. Et en guise de gâteau il n'eut droit ce jour-là qu'au régime habituel : une chopine d'eau de Seine, du pain sec, des légumes pourris. Le cadeau ? Une chanson paillarde entonnée à tue-tête. *Non, vraiment, fallait pas.*

Six mois.

Six putains de mois à passer avec des hommes qui ne pensaient qu'à jouer aux cartes et à se prendre des murges, qui journellement l'objurguaient de s'en prendre avec eux, journellement se foutaient de lui parce qu'il préférait se consacrer aux mathématiques quand eux n'avaient de rapport avec les mathématiques que celui, somme toute rudimentaire, qui consiste à calculer les litres d'eau-de-vie que journellement ils pouvaient se risquer à descendre sans risquer d'en crever. Bref, *pas des prix Nobel.* Et des médailles Fields encore moins.

Et alors on se dit qu'Évariste aurait pu se morfondre, se révolter, de guerre lasse envoyer chier les mathématiques, mais il aimait les mathématiques, il les aimait passionnément, furieusement, et de nouveau il s'y adonna tout entier, comme Galilée sa lunette braquée sur les étoiles s'adonnait à l'astronomie, comme Commode dans Rome à quatre pattes s'adonnait aux sexes des gitons, comme la Rimbe venant de Charleville s'adonnera aux bouts rimés (et peut-être qu'à quatre pattes lui aussi...). Ce fut loin, pourtant, d'être une sinécure : Évariste, alors, n'est pas tout à fait dans les conditions du savant à pantalon de flanelle, confortablement carré au fond d'un fauteuil Louis XV, devant le fauteuil une table, sur la table une plume, un encrier, des burettes, des alambics, des creusets, derrière les alambics et les creusets un clavecin, au clavecin une jeune et jolie femme en robe à crinoline qui pour lui alléger l'esprit joue une sonate ou un menuet en rondeau, et entre la sonate et le menuet, quand sous le pantalon de flanelle point la bosse du désir, qui trousse docilement sa robe pour le délester d'autre chose ; non, mademoiselle, Évariste n'est pas dans les mêmes conditions, car Évariste est en prison.

Il est parmi des hommes frustes, grossiers, qui sans relâche l'entraînent à s'enivrer ; sous le feu des palabres, des quolibets ; dans sa pistole où il gèle à se bouffer les doigts — la Seine est à glace et le ciel est gris ; parmi des haleines chargées de genièvre fumant dans le froid ; près de la griache, ce tonneau à merde d'où la merde déborde ; dans les relents de graillon qui s'échappent d'un réfectoire crépi à la chaux ; dans le maelström des odeurs de pets ; avec sa crasse dans les cheveux, sa crasse sous les ongles et sur la peau ; il est là, en prison, à Sainte-Pélagie, et il s'allonge sur un lit de sangle où la vermine a fait son nid, attend jusqu'à la *prière du soir* quand les républicains de conserve entonnent *La Marseillaise*, baisent le drapeau l'un après l'autre, l'un contre l'autre se couchent ; alors enfin, d'une main tremblante il peut offrir sa plume au bleu de l'encrier — si tant est qu'il n'eût pas que la nuit pour encre et sa mémoire pour papier. Et quand à Sainte-Pélagie on dort comme un seul homme, sur des pages mal éclairées par la flamme fuligineuse d'un vieux quinquet, avec une plume, un peu d'encre, beaucoup de génie, Évariste fait des mathématiques et, bien plus, mademoiselle, il les fait chavirer.

On sait en effet qu'à Sainte-Pélagie il posa les jalons de ce qu'il est convenu d'appeler *la dernière nuit*, le point d'orgue d'une vie qui fut un crescendo inquiétant, tourmenté, au rythme marqué par le tambour de passions frénétiques jusqu'à l'effondrement final, abrupt comme la face nord de la Montagne que si peu ont gravie. À Sainte-Pélagie il fit donc des polynômes à coefficients rationnels, leur ajouta des racines, les fit permuter (si cela veut dire quelque chose — je ne fais que répéter ce que j'ai lu : tout ça, je vous l'ai dit, est un sabir auquel je n'entends rien). Ce que je sais en revanche, c'est que chaque nuit il fit tenir le nombre sur la feuille ; chaque nuit pendant des heures, jusqu'au petit matin, il fut *le Nombre en personne*. Je n'y étais pas, bien sûr, mais je peux le voir. Je ferme les yeux et je le vois, scribe fiévreux qui annote un amas de feuilles gondolées par l'humidité, qui fait danser les nombres, trembler la page, je le vois nuit après nuit révolutionner les mathématiques pendant des mois jusqu'au petit matin.

Et quand au petit matin point le zinzolin de l'aube, qu'à travers la lucarne grillagée, au-delà du rouge Sienne des tuiles un peu décrépites, apparaissent les teintes ocre et bleutées du soleil qui se lève, le Nombre rassemble ses feuilles, les fourre sous le grabat qui lui sert aussi d'abri de fortune, de tout son poids s'effondre dessus, et jusqu'au soir y dort comme un sabot. Puis il se réveille et recommence une œuvre du même tonneau, parce qu'il faut gravir la Montagne et qu'à Sainte-Pélagie on ne peut la gravir que la nuit, parce que la pratique d'un art demande un homme tout entier, parce que le temps est un bardache, parce qu'il a son père dans le ventre, parce qu'il n'y a rien à faire sinon s'enivrer, dormir, dessaouler, parce qu'il n'y a guère de conversation qui vaille la peine d'être tenue, sauf, bien sûr, la nuit où l'on sait que le Nombre fit la rencontre d'un homme et qu'à cet homme il put parler d'égal à égal pour la première et peut-être l'unique fois de sa vie.

Cet homme, mademoiselle, cet homme est le Verbe comme Évariste est le Nombre ; il a gravi la Montagne lui aussi, une autre Montagne, celle qu'avec révérence on appelle *poésie*, et entre gens de la Montagne on se reconnaît, on s'admire mutuellement, ou à défaut de s'admirer on se respecte, on se porte de l'estime ou de la considération, et parfois on se hait mais c'est plus rare et de toute façon ce n'est pas notre histoire. Cet homme, c'est Nerval, le ténébreux, le veuf, l'inconsolé ; Nerval qui avait traduit le *Faust* de Goethe ; qui pour cela fut félicité par Goethe, par la langue allemande incarnée ; Nerval qui fera *Les Filles du feu* ; qui fera *Aurélia* ; qui sombrera dans la folie, la folie sublime ; qui sous la forme d'un homard au bout d'un ruban bleu promènera sa folie aux Tuileries ; qui pour fuir sa folie fuira vers l'Orient, en reviendra fou mais sublime, laissera un mot à sa tante — *Ne m'attends pas ce soir, car la nuit sera noire et blanche* — puis aux barreaux d'une grille, dans la rue la plus noire qu'il pourra trouver, ira *délier* sa folie et son âme un matin de janvier. En février 1832, Nerval n'est pas encore fou. Un coup de filet l'a jeté à Sainte-Pélagie : *rêveux et plaintif*, il n'y passe qu'une seule nuit. On ignore ce que le Verbe et le Nombre se dirent, on ne sait pas s'ils parlèrent barricades, mathématiques ou poésie, pas plus qu'on ne sait si furent prononcés les mots *Cénacle*, *Jeunes-France* et *Bouzingo* (et on donnerait, pour le savoir, tout Rossini, tout Mozart, et tout Weber), mais on sait qu'au matin, quand on vint chercher le Verbe pour lui signifier *armes et bagages*, il embrassa le Nombre, que le Nombre l'embrassa, et que le Nombre et le Verbe promirent de se revoir. Et on sait, bien sûr, qu'ils ne se revirent pas.

XV

Après que Nerval eut visité Sainte-Pélagie, c'est un autre convive qui y fit son entrée. Celui-là n'y fut pas le bienvenu : c'était un tueur, et un tueur de la pire espèce, qui frappait ses victimes à l'aveugle, n'épargnait ni les enfants ni les femmes, terrorisait les villages et les villes, semait la panique jusque dans les bourgs les plus reculés. Il était né dans le delta du Gange, en 15 ou en 17 des années mille huit cent, et de là il avait essaimé à travers toute l'Asie, se posant entre le Tigre et l'Euphrate, en Mésopotamie, avant de reprendre sa marche funèbre vers le nord, jusqu'à Saint-Pétersbourg, puis de redescendre par Londres pour arriver, en mars 1832, à Paris. Sur son chemin il avait pris, excusez du peu, quarante millions de têtes — l'Empereur, qui pourtant s'y connaissait, en avait fauché dix fois moins en à peu près autant d'années. Dès lors, tout le monde n'eut plus que son nom à la bouche, ce nom qui tenait en sept lettres que pour conjurer le sort on prononçait tout bas : *choléra.*

Au début, pourtant, on n'était pas tourmenté pour deux sous, du moins chez ceux pour qui deux sous n'étaient pas grand-chose, une fraction infime de leur capital, de la vaisselle de poche, de la menue monnaie, de celle qu'on donnait à la bonne ou au cocher. Dans les vastes maisons des beaux quartiers, dans les hôtels particuliers du faubourg Saint-Germain, sous les lambris dorés du Château, on trinquait à la santé de Morbus — l'autre nom de la bête —, qui jamais ne viendrait jusque-là. Ce mal-ci, disait-on, ne frappait que les barbares, ces peuples aux mœurs levantines qui trouvaient leurs avatars dans les rues sales et tortueuses de la Cité, près de Notre-Dame, où la débauche, la misère et le vin faisaient figure de plaies ataviques. Et si par malheur il devait s'étendre, alors, c'est sûr, il n'irait pas plus loin que les Arcis, l'Arsenal, Saint-Jacques et les Quinze-Vingts. Car c'est là, au fond de sombres bouges de ces vieilles rues dont le nom — Mouffetard, Huchette, Petit-Pont, Mortellerie — était comme un prélude à la mort, que par dizaines s'entassaient dans la fange ceux qui naissaient dans la fange et qui jamais n'en sortaient. Ceux-là prenaient des cuites de plomb dans des brocs rapinés sur les étals des marchands, forniquaient à la va-vite dans des arrière-cours insalubres, devant la vermine et leurs bâtards aux pieds bots, aux lèvres crénelées, puis s'endormaient à même le sol d'un sommeil de plomb aussi lourd que leur cuite de plomb, sur un lit de paille et de blé, de boue séchée que parfois ils bouffaient comme ils bouffaient le pain noir que plus tard ils chiaient dans la Seine ; et pour étancher la soif, quand ils n'avaient plus de vin, ils se penchaient sur le fleuve vert-de-gris, et quoiqu'il charriât leur merde et la merde du tout-Paris, comme des porcs dans une auge ils en buvaient la substance visqueuse qui ressemblait vaguement à de l'eau — si l'on fermait les yeux. Alors, un matin, on défonçait la porte de leur taudis, et on les trouvait tout grelottants, les yeux excavés, la langue blanche, pendante, les lèvres tremblantes, violacées, et surtout, ce qui ne trompait pas, la peau du visage bleuie au lapis-lazuli : c'est que Morbus aimait tant le bleu qu'il en grimait ses victimes, et ses victimes, le plus souvent, étaient des pauvres, des moins-que-rien, des indigents. Des barbares, on l'a dit.

D'accord, à Berlin, en novembre, il avait pris Hegel, Hegel qui n'était pas tout à fait l'incarnation de la barbarie. Mais c'était un Prussien. Quand trois mois plus tard ce fut au tour de Champollion, à qui on ne connaissait aucun vice sinon un amour passionnel, déraisonné, pour l'Égypte et ses pyramides, on se dit qu'il y avait peut-être de quoi être inquiet. On le fut tout à fait quand Casimir Perier, qui commençait à bleuir, prédit qu'on le sortirait de chez lui les pieds en avant : la bourse, ce jour-là, chuta de 0,6 franc. On ne savait pas encore que Morbus allait prendre Lamarque dont l'épée était grise, les rouflaquettes blanches, la peau bleue, ridée et bleue ; et Fabre, qui était de l'Aude et non d'Églantine, qui ayant échappé à la lame de la Veuve fut fauché par une autre lame, invisible mais bleue ; et Daumesnil, qui cent fois aurait pu être tué sur un champ de bataille, cent fois survécut, à Saint-Jean-d'Acre d'un coup de sabre, à Madrid d'un coup de rifle, à Wagram d'un coup de lance, qui dans son lit à Vincennes fut victime d'un coup du sort qui était bleu ; et tous ces autres, qu'ils fussent illustres comme Carnot, notre Copernic, mort jeune et bleu, ou anonymes, qui parfois étaient jeunes, parfois étaient vieux — Morbus ne faisait pas le distinguo —, dont pour le coup on ne sait rien, si ce n'est qu'ils se vidèrent comme des chiens, comme des chiens crevèrent, et qu'un peu de terre fut jetée à même les linceuls cousus à la hâte sur leurs pâles visages bleus.

En mars, on ne savait pas tout cela : tout cela n'était pas encore arrivé. Mais après que l'Égyptien eut ouvert le bal, après que le Président lui-même fut convié à danser une valse avec le choléra, on se mit à trembler de conserve que tout cela arrivât. De sorte que, voyez-vous, ceux qui plastronnaient devant la mort, se rengorgeaient devant elle, devant elle fanfaronnaient, cessèrent bientôt d'affecter la bravoure : ils pouvaient être princes, marquis ou pairs de France, avoir les mœurs de l'Incorruptible et un compte chez Rothschild Frères, le choléra ne les épargnerait pas pour autant, pas plus, en tout cas, qu'il n'épargnerait leurs bonnes ou leurs cochers — alors on congédia les premières pour donner un surcroît de travail aux seconds, les fiacres furent attelés à la hâte, et les larmes ancillaires n'étaient pas encore sèches que déjà on mettait le cap vers des contrées plus champêtres : l'air, disait-on, y était moins vicié.

C'est qu'on n'avait plus tremblé de la sorte depuis la Grande Terreur, entre prairial et thermidor, quand la guillotine donnait journellement son contingent de têtes au panier de Sanson. À l'époque, on savait à peu près où la mort se tramait, quelque part du côté du pavillon de l'Égalité, ci-devant pavillon de Flore, où siégeait le Grand Comité de l'an II. Mais cette guillotine-là, celle de 32, était plus insidieuse que l'autre, sa glorieuse aînée, car nul n'aurait su dire qui en actionnait le ressort : la mort semblait venir de nulle part, c'est-à-dire de partout. Les riches avaient peur des pauvres, les pauvres avaient peur des riches, et tous avaient peur du vent — or c'est de l'eau, on le sait aujourd'hui, qu'il fallait se méfier. Purgons et Diafoirus y trouvaient leur compte, qui préconisaient d'ouvrir grand les fenêtres, de glisser du camphre dans son gousset, de cueillir quelques plantes aromatiques et s'en badigeonner l'épigastre ou, allons-y carrément, de renifler du chlore. Bref, on ne savait plus que faire, à quoi s'en remettre, à quel sot se vouer.

Et quand les vertus prophylactiques de ces expédients dérisoires s'avéraient nulles et non avenues, quand la bête triomphait, irrémédiablement, pas plus qu'on n'avait su s'en prémunir on ne savait en guérir : les vieilles grand-mères ressortaient des recettes de vieilles grand-mères à base de punch et de camomille, les dévots s'en remettaient au Vieux, aux bonnes vieilles prières, ou si Esculape était leur Dieu aux bonnes vieilles saignées qui étaient aussi efficaces que les bonnes vieilles prières, ou en désespoir de cause aux camelots qui faisaient commerce de la mort, refourguaient leur poudre de perlimpinpin aux âmes crédules et prêtes à la payer au prix fort. Or la plupart du temps tout cela, recettes de grand-mères, boniments et prières, ne servait à rien : la carcasse se vidait par la bouche et par le cul, débitait ses entrailles, bleuissait, et en quarante-huit heures c'était plié ; on n'avait plus qu'à la couvrir d'un drap mortuaire, attendre qu'un corbillard vînt la chercher, psalmodier des *Pater*, des *Ave Maria*, et oublier tout ça.

Mais on n'oubliait pas. On ne pouvait pas oublier. On se mit à chercher des boucs émissaires. Le pouvoir blâmait le peuple de l'infortune du moment, et le peuple refusait d'y voir la main du hasard : ce ne pouvait être que celle du crime qui assaisonnait l'eau et le pain de quelque substance maléfique. Pour apaiser sa colère, il lui fallait des sorcières à brûler, mais il n'y avait pas de sorcières et on ne faisait plus de bûchers. Quelque malheureux fit l'affaire, qui passait près d'un puits avec dans sa besace quelque chose qui ressemblait à de la farine et qui était de la farine ; on l'accusa de vouloir y verser du poison ; la sentence fut exécutée dans l'instant : en plein Paris, sous la monarchie de Juillet, parce que sur la foi d'un peu de poudre blanche on lui avait prêté de funestes intentions, on a pu massacrer un homme qui n'avait d'autre ambition que faire son pain.

Cependant le mal progressait, et Sainte-Pélagie ne fut pas épargnée : un détenu qui manquait à l'appel du matin allait être rossé pour avoir gardé le lit ; on fit preuve d'indulgence : il était bleu, mort pendant la nuit. Le directeur de la prison, qui finalement n'était pas si terrible, décida de la faire évacuer sur-le-champ. Le 16 mars, Évariste fut transféré à la maison de santé du sieur Faultrier, rue de l'Ourcine, n° 86. J'y suis allé.

Je voulais voir où il a passé les derniers jours de sa vie. La rue de l'Ourcine est devenue la rue Broca. Le numéro 86 d'alors est au 94 aujourd'hui. La maison de santé a été détruite après-guerre, dans les années 1950. Un immeuble sans charme a été construit à la place. Des gens y habitent. Ils ignorent, je crois, qu'en ces lieux un génie a fait l'étude de l'amour. La magique étude de l'amour que nul n'élude.

XVI

Il y avait donc, au n° 86 de la rue de l'Ourcine, une maison de santé. Juste à côté, au n° 84, habitait un médecin : Eugène Poterin du Motel. Ce médecin — qui prodiguait des soins dans la *maison Faultrier* — avait une nièce. Cette nièce s'appelait Stéphanie.

Maintenant, mademoiselle, si vous le voulez bien, nous allons jouer un peu. Vous allez ôter vos escarpins, vous débarrasser de cette robe qui vous colle à la peau. Oui, comme ça. Vous allez passer vos mains derrière le dos, dégrafer votre soutien-gorge, le laisser glisser à vos pieds, retirer votre culotte en vous cambrant légèrement. C'est bien. Redressez-vous. Encore une chose : détachez l'élastique qui vous tient les cheveux, je veux les voir tomber sur vos seins. Ne bougez pas. Ne bougez plus. Laissez-moi vous contempler. Restez comme ça, droite, les mains sur les hanches, nue, charnelle, lascive. Et maintenant, tournez-vous. Je vais ôter vos boucles d'oreilles ; pardonnez si ma main tremble un peu. Parfait, nous pouvons commencer. Fermez les yeux.

Vous allez revêtir en esprit le pantalon à mille raies d'Évariste, chausser ses souliers à boucles, enfiler sa chemise et son gilet de piqué, nouer sa cravate en forme de foulard autour de votre cou gracile, rabattre le col par-dessus. Il manque quelque chose, pas la redingote à double rangée de boutons, non, il fait un peu chaud — c'est déjà le printemps. Le haut-de-forme peut-être, et la canne, évidemment. Voilà, vous êtes Évariste, vous êtes *fashionable*, élégant, rue de l'Ourcine, dans la maison Faultrier, en 1832, vous avez vingt ans. Quinze jours ont passé, avril est toujours jeune, le soleil est très haut dans le ciel ; dans le jardin l'herbe est encore mouillée par la rosée du matin. Tout est calme, on n'entend que le chant des oiseaux. Sous l'ombrage d'un tilleul ou d'un chêne (vous n'avez jamais su les distinguer), une fille est allongée sur un drap de lin. Elle porte une robe légère, des escarpins, un feutre qui lui donne des allures de garçonne ; elle lit (et vous ne savez pas s'il s'agit du *Barnave* de Jules Janin dont on parle tant, ou du *Rouge et le Noir* de ce monsieur Stendhal, dont on ne parle pas). Vous allez vers elle d'un pas nonchalant, l'ombre d'un dandy se dessine sur l'herbe, et sur le drap une autre ombre, gracile, se penche délicatement, ramasse une brindille qui fera office de signet, la pose entre les pages du livre qu'elle referme doucement — Barnave (ou Julien) attendra. Elle lève la tête ; vous souriez.

Vous avez donc au-dessus de vous le jour le plus beau du printemps ; devant vous, à vos pieds, une fille plus belle encore que le jour le plus beau. Or vous ne savez pas comment on procède dans ces cas-là :

vous n'avez jamais vu de fille. Il y a eu votre mère que vous avez désirée inconsciemment (si l'on en croit du moins la théorie d'un barbon à barbe blanche que vous ne sauriez connaître parce qu'il n'est pas encore né), il y a eu votre sœur que vous êtes sûr de n'avoir jamais désirée, il y a eu, peut-être, une tante éloignée qui avait de la barbe et piquait quand à Noël après les étrennes elle vous embrassait, qui de fait n'aurait pu être l'objet d'un quelconque désir, ou alors seulement par analogie, en fermant les yeux. Pas de filles donc, mais des garçons puis des hommes, à Louis-le-Grand, à Normale, à Pélago, des pommes d'Adam, des moustaches, des barbes, des torses velus, et jamais un téton à se mettre sous la dent.

Et voilà que sans crier gare, le hasard ou la providence envoie une fille — et quelle fille ! — à vos pieds. Vous avez envie de la trousser sans lui demander son avis, contre le tronc de cet arbre dont vous vous foutez bien désormais de savoir s'il est chêne ou tilleul — votre discernement est aboli, comme si le sang n'irriguait plus que l'excroissance entre vos jambes qui flageolent. Vous voyez donc cette fille dont vous ignorez qu'elle s'appelle Stéphanie, cette fille qui n'est encore qu'une fille, c'est-à-dire rien d'autre qu'un amas de chairs parfaitement agencées, le réceptacle providentiel et salvateur du petit appendice ridicule que depuis vingt ans vous sevrez, et qui soudain vous pousse en bas du ventre avec une force inouïe ; vous pourriez l'utiliser, cette force, contre elle, la fille, qui est aussi frêle et fragile que la brindille qu'elle a placée entre les pages du livre dont le titre ne vous importe plus, qui s'impatiente et vous toise, se demande peut-être ce que diable vous foutez — et elle a raison, qu'est-ce que vous foutez, nom du Vieux ?

Vous êtes toujours là, raide comme le chêne (le tilleul ?) qui se trouve derrière elle, la bouche figée dans un demi-sourire. Est-ce de la torpeur, de l'extase ? Ou peut-être ce moment infime pendant lequel vous renoncez à la posséder ici, maintenant, sans autre forme de procès, à la saisir par les épaules et la plaquer contre le sol, une main sur sa bouche pour l'empêcher de crier, l'autre fouillant sous sa robe pour frayer dans sa chair un passage au bout de chair qui vous gouverne tout entier ? Parce qu'il faut se donner une contenance, de votre poche vous sortez une tabatière, de la tabatière du tabac, de l'autre poche une pipe mal culottée dont vous bourrez le fourneau, puis vous regardez la fille qui vous regarde, intriguée, inquiète aussi, comme si vous alliez l'allumer à la flamme de ses yeux, mais non, vous tirez une grande bouffée, vous expirez la fumée, et en lui tendant votre main vous lui dites, d'un air détaché, souverain : « Je m'appelle Évariste », et elle vous répond : « Stéphanie », et à son tour elle vous tend sa main que du bout des lèvres vous baisez chastement — il faut bien commencer quelque part, jeune homme, sachez être patient.

Comme le paon fait la roue vous lui faites votre cour qui consiste, en l'occurrence, à lui parler de mathématiques (mais pas trop, vous avez peur d'être rasoir), de la République, de la prison (c'est bien, la prison, ça fait bandit de grands chemins et ça les émoustille, elles battent des cils, piquent un fard, s'évanouissent dans vos bras). De son côté, elle ne ménage pas ses efforts, vous dit qu'elle aime surtout les romans, trouve la prose plus tendre que les vers, qu'elle fait bien mieux pleurer. Vous ne lisez pas de romans, pas plus que vous ne lisez de poésie, ou sinon dans des tables de logarithmes, mais vous avez peur de paraître idiot, alors vous ajoutez que les poètes ont les sentiments courts, que c'est pour ça, sans doute, qu'ils vont si souvent à la ligne. L'un comme l'autre vous faites les beaux esprits. Or l'esprit ne suffit pas, et il va sans dire que chaque jour vous prenez soin de vous apprêter, gilet de piqué, cravate portée en foulard, cheveux brossés, parce que vous pressentez qu'elle ne vaut pas plus que ces péronnelles qui la main sur le cœur jurent aimer les livres, mais les préfèrent de rente que d'encre et de papier, et elle a beau affirmer la primauté du spirituel, vanter les mérites de l'esprit, elle n'en demeure pas moins attachée aux attributs physiques, viscéralement, de toute son âme attachée aux dents blanches et bien alignées, aux muscles saillants, à la peau d'albâtre, au torse bombé, à la poussière en devenir et vous seriez bien malhonnête de l'en blâmer : c'est son corps et non son cœur, on ne va pas se leurrer, que depuis le début vous n'avez de cesse de vouloir sonder.

Elle le sait. Vous le savez. Tout le monde le sait (il n'est pas jusqu'aux feuilles de ce tilleul — ce chêne ? — qui ne le sachent) : cette rencontre fortuite sous un arbre a pour dessein l'amour charnel, et pourtant *le désir cru et nu* de cet amour l'effaroucherait, la rebuterait. Vous devez lui faire éprouver l'émoi que son corps vous inspire, prendre un chemin de traverse, partir du haut, de la prunelle de ses yeux aux longs cils recourbés, pour arriver là où depuis le début vous brûlez d'arriver — le tout, bien sûr, sans hâter le pas, mais en prenant garde de ne pas traîner. Alors, peut-être, vous l'aurez : *il n'y a pas de fort imprenable, seulement des assauts mal menés.*

Mais vos plans sont déjoués. Il y a des signes qui ne trompent pas : des mains qui se frôlent, des sourires enjôleurs, des simagrées quand vous la cherchez pendant des heures, et que, l'ayant trouvée, vous feignez maladroitement l'indifférence. Et puis il y a son visage, sombre quand vous n'êtes pas avec elle, et qui, dès lors qu'elle vous aperçoit, brille d'un éclat que vous n'avez encore jamais vu. Ce visage, il vous inspire désormais plus de désir que n'importe quelle autre partie de son corps, et cela aussi, mon vieux, c'est un signe. Vous qui ne cherchiez que la passion charnelle, purement charnelle, voilà qu'un sentiment encore inconnu s'y agrège, et sur ce sentiment inconnu dont la douceur vous obsède, vous hésitez à apposer le nom, le beau nom grave d'*amour*, ce nom qui vous transporte et qui parfois vous effraie.

Vous n'êtes pas inquiet. De l'amour — si toutefois cela est bien de l'amour —, ce ne sont là que les prémices. Tout cela, vous en êtes sûr, va bien finir par s'estomper. Et puis un soir comme un autre où l'un l'autre vous essayez de vous séduire, elle dit quelque chose de tout à fait con, une ineptie. En temps normal (et par *normal* j'entends celui où les oscillations du cœur d'un jeune homme ne sont pas conditionnées par les battements de cils d'une jeune fille), en temps normal donc, vous l'auriez congédiée sans ambages, mais là, non, vous lui pardonnez ; vous trouvez ça spirituel. Vous êtes foutu : vous voilà amoureux.

Les jours passent. Ils sont merveilleux. Vous avez dans le cœur des *lichens de soleil et d'azur*, et dans l'azur des alcyons déployant leurs ailes, et sous le soleil des licornes blanches aux défenses torsadées, des sérénades de gloire et de printemps, des bosquets de roses rouges, de rhododendrons, de dahlias jaunes et blancs. Pour la première fois vous n'avez plus votre père dans le ventre mais Stéphanie, Stéphanie dans l'éclat de nacre sur le fond noir de vos pupilles dilatées, dans la lunule de vos ongles que vous ne rongez plus, dans vos brouillons saturés de vos prénoms entremêlés, Stéphanie depuis le début chérie, depuis ce jour où sous l'arbre du jardin elle vous a souri et vous souriant vous a condamné à l'aimer ; ce jour inaugural où l'amour est entré dans votre vie dont les jours, désormais, contiennent tout un monde, prodigieux, exalté, parallèle à l'autre, le vrai, celui qui n'est que peste et choléra mais qu'elle a su réenchanter : à chaque battement de ses longs cils, vous jureriez que ce monde se met à trembler.

Avril est déjà vieux. Vous êtes libre. Vous pouvez rentrer chez vous, à Bourg-la-Reine, où vous attendent la mère et le fantôme du père, le spectre au regard d'hiver en plein été. Vous n'en avez pas envie. Plus rien ne compte désormais, sauf Stéphanie. La République ? Au diable la République, elle peut bien attendre. Les mathématiques ? Au diable aussi. Vous l'aimez et il faut qu'elle le sache et il faut que vous sachiez si elle vous aime, elle aussi. Alors un matin, comme ça, l'air de rien, vous lui demandez si elle vous aime *au moins un peu.* Et comme ça, l'air de rien, elle élude, mais l'ocre puis le pourpre s'emparent de ses joues, et à son tour elle vous demande *si vous éprouvez à son égard des sentiments de nature à la combler de bonheur* (une autre façon, moins agreste, de savoir si vous l'aimez). Et à votre tour vous laissez planer le doute et vous pensez la berner ; elle n'est pas dupe : vos lèvres ont beau démentir l'amour, vos yeux en font l'aveu.

Et si vous ne l'aimez pas, alors pourquoi lui donner rendez-vous le soir même, à dix heures, dans le jardin de la première rencontre, à la lueur des flambeaux, devant l'arbre où vous allez connaître les fureurs secrètes, les félicités de la nuit, le corps à corps endiablé, la chair qui s'offre enfin, irrémédiablement, son regard extasié quand viennent s'y mirer la lune et le ciel étoilé, quand les bouches s'embrassent dans la lumière pâle, irisée, et que le désir s'embrase, croît, dévore, se consume, s'éteint ?

Elle est d'accord. Elle y sera.

La journée recule lentement, finit par tomber, et quand la nuit se lève enfin, comme un cerf, un taureau ou un âne (je vous laisse le choix de l'animal), vous bandez, seul dans votre chambre, les yeux fixés sur l'horloge comtoise dont le fronton, en laiton coulé, est décoré d'un coq et de fleurs de lys à moitié arrachées. L'aiguille la plus fine fait le tour du cadran en émail, inlassablement, et dans la gaine en bois de chêne le tic-tac du pendule rythme le temps qui s'enfuit. Dix coups ont sonné. Vous examinez votre profil dans le miroir, passez une main dans vos cheveux pour rectifier une mèche qui pourrait bien tout gâcher, puis vous souriez car vous êtes sûr de lui plaire, sûr d'une victoire, sûr des fureurs secrètes et du corps à corps endiablé.

Or la voilà qui arrive, parée de ses plus beaux atours, coiffée à la chinoise sous un bibi de satin, les lèvres brillantes, spirituelles, le sourire éclatant, diamantin. Vous tremblez comme un jonc car elle est plus belle que la nuit qui n'est pas noire mais bleuâtre, d'un bleu de Prusse qu'aurait pu peindre Titien s'il n'était pas déjà mort ou Van Gogh mais il n'est pas encore né, ce bleu grâce à quoi l'honneur est sauf, cachée l'excroissance au garde-à-vous dans le pantalon à mille raies : vous bénissez le ciel en priant que cette fois vous n'ayez plus à réfréner vos ardeurs quand elle sera dos contre l'arbre, que vous l'aurez encerclée.

Or la voilà déjà dos contre l'arbre et déjà vous la baisez dans le cou, dans le creux de l'épaule. Elle tremble, docilement se laisse faire, tacitement vous donne licence pour descendre plus bas, vers *la petite éminence si sensible* où nul ne va. Vous avez vos lèvres entre l'échancrure de sa robe, la guimpe de son corsage que vous déchirez brutalement, entre ses seins que vous baisez en cherchant à emporter des lambeaux de sa chair. Vous attendez qu'elle s'offre à vous sans pudeur, délirante d'amour, avec l'extase révulsée des madones, la candeur affectée des jeunes vierges, et cela vous révulse et vous fascine, et d'avance vous tressaillez de plaisir et de joie comme vous tressailliez de plaisir et de terreur à huit ans dans Bourg-la-Reine contre le tapis de brocart du salon, de plaisir et d'extase à quinze ans dans le dortoir de Louis-le-Grand, à dix-huit dans celui de l'École, de plaisir et de chagrin il y a trois mois sur un grabat de Pélagie, or elle ne bouge pas, ne bouge plus, elle reste là, prostrée, bête traquée qui ne sait pas où s'enfuir, alors d'une main vous relevez son jupon et de l'autre vous saisissez le petit appendice volcanique qui vous brûle en bas du ventre mais déjà c'est l'éruption de lave blanche et sa robe, les mille raies, sa peau d'albâtre, l'amour et les étoiles là-haut dans le ciel bleu de Prusse, tout cela est souillé.

Vous implorez son pardon. Elle ne dit rien. Vos mots tombent dans le silence de la nuit. Elle se relève, robe froissée, cheveux en valdrague, chapeau de guingois, vous considère une dernière fois — son regard est dur, plein de peine, de mépris. Elle s'en va. Vous frappez plusieurs fois le tronc de cet arbre à la con, jusqu'à ce que l'écorce s'effrite et que le sang recouvre vos poings. Alors, hagard, épuisé, l'évidence vous frappe et comme un dément vous riez, d'un rire atroce, frénétique, désespéré : c'est un orme. Ou peut-être un platane. Et puis merde : plus rien n'a d'importance désormais.

XVII

Tout cela n'est qu'une hypothèse, bien entendu. En vérité, on ignore ce qu'il s'est passé rue de l'Ourcine, au printemps 1832. On ne sait pas si Évariste fit la rencontre de Stéphanie sous un arbre du jardin. On ne sait pas s'il y avait un arbre dans le jardin. Et pour tout dire, on n'est même pas certain qu'il y eût un jardin. (C'est dire si on ne sait rien.)

On sait en revanche qu'entre elle et lui il y eut une querelle : ses lettres à elle sont là pour le prouver. Ces lettres, lui les aura froissées, déchirées peut-être, jetées sans doute, puis honteux d'avoir profané le seul vestige de leur amour déchu, il les défroissa, en recolla les morceaux, les recopia en laissant quelques blancs avant de les relire et d'en biffer rageusement certaines phrases, de sorte qu'à leur lecture, deux siècles plus tard, le mystère demeure et s'épaissit.

La première lettre, en date du 14 mai 1832, ne fut ni envoyée ni même remise en main propre, non, elle fut décochée comme on décoche une flèche en plein cœur, et j'imagine que c'est ainsi, comme une flèche et en plein cœur, qu'Évariste la reçut :

Brisons-là sur cette affaire, je vous prie. Je n'ai pas assez d'esprit pour suivre une correspondance de ce genre, mais je tâcherai d'en avoir assez pour converser avec vous, comme je le faisais avant que rien ne soit arrivé.

Et puis, comme s'il fallait darder une seconde fois son cœur déjà meurtri, la dernière phrase, dont le début est illisible, se termine ainsi :

Ne plus penser à des choses qui ne sauraient exister et qui n'existeront jamais.

L'affaire, alors, semble mal engagée. On se dit que ces deux-là sont perdus l'un pour l'autre, même si l'un essaiera en vain de gagner à nouveau les faveurs de l'autre, du moins si l'on en croit la deuxième lettre, quelques jours plus tard, dont hélas il ne nous reste que des extraits, incomplets le plus souvent, que l'on peine à déchiffrer, hormis une phrase, une seule, qui à elle seule suffit sans doute à résumer le tout :

Au reste, Monsieur, soyez persuadé qu'il n'en aurait sans doute jamais été davantage ; vous supposez mal et vos regrets sont mal fondés.

On aimerait que ces deux-là en leur amour déclinant soient avec nous, à la tombée du jour, dans ces ruelles qu'ombragent de grands platanes, des trembles, des peupliers. Ils marcheraient à nos côtés, comme nous bras dessus bras dessous jusqu'à ce pont surplombant le fleuve, là-bas, où deux cygnes aux plumes blanches glissent l'un vers l'autre, lentement, l'un face à l'autre se penchent, déploient leurs ailes, et dans une symétrie intemporelle forment un cœur presque parfait. Comme nous, appuyés contre la rambarde ils s'enlaceraient, plus prestement que nous (car pour eux ce ne serait pas la première fois, il y aurait eu, déjà, l'étreinte avortée contre l'arbre du jardin), peut-être qu'il lui poserait une main sur la hanche, l'autre sur la joue, leurs têtes se tourneraient, et alors comme nous, oui, comme nous… Puis nous ne dirions rien, comme après ces premiers baisers qui vous scellent la bouche, ou alors nous leur dirions que la vie est brève et le désir sans fin, et nous irions quelque part entre les quartiers Croulebarbe et Maison-Blanche, où à leur époque, au pied de la Butte-aux-Cailles, la Bièvre étendait ses deux bras (aux beaux jours, on y venait en famille, on barbotait dans l'eau, on pique-niquait au bord de la rivière ; les saisons passaient ; l'automne parait les arbres de mille couleurs, les dénudait avant que l'hiver ne les recouvre de son manteau de coton ; le gel saisissait les étangs ; on y accourait de toutes parts, un fer sous les pieds, et pendant des heures on glissait sur ces sentiers de cristal, les uns improvisant des figures, des arabesques, des pirouettes, les autres poussant une balle à l'aide de bâtons incurvés — et je ne sais pas s'ils appelaient ça de la *soule*, de la *crosse* ou du *hockey*. Et puis un jour on a drainé l'eau de la Bièvre, abattu les arbres qui la bordaient, remblayé les étangs, coulé du béton, construit des immeubles, des routes, des maisons. Des stations de métro. Aujourd'hui, on ne barbote plus dans l'eau : il n'y a plus d'eau, plus d'arabesques, plus de pirouettes ; on entend à peine le chant des oiseaux. Nous irions là en reconnaissance, parce que c'est là qu'au mois de mai 1832 un duel a eu lieu).

Puis nous irions, elle et lui, vous et moi, jusque chez vous (jusque chez toi ?). On entendrait le cliquetis d'une clé dans une porte, cette porte qui claque, des pas dans l'escalier, et tous les quatre nous serions dans la chambre où nous ferions l'amour longtemps ; il y aurait de la musique, quelque chose qui débuterait lentement pour monter crescendo, le *Boléro* peut-être, et bientôt nous serions nus, sur le balcon, toi avec une clope et lui sa pipe mal culottée, des volutes de fumée s'élèveraient dans la nuit, tu reluquerais Évariste, moi Stéphanie ; émoustillées, les étoiles scintilleraient de mille feux ; nous rentrerions nous allonger sur les draps froissés de ton lit ; la lune sourirait ; nous recommencerions. Au matin ils seraient déjà partis, tous les deux, nous laissant seuls, épuisés.

Ils n'étaient pas avec nous cette nuit. Ils ne se sont pas réconciliés. Stéphanie a aimé Évariste, ou du moins s'est-elle entichée de lui, et puis elle en a aimé un autre (ou peut-être cet autre — un bellâtre sans doute — l'aimait-elle déjà et l'a-t-elle aimé à nouveau : le cœur est un palimpseste sur quoi on peut écrire un amour avant de l'effacer). Et bien qu'elle eût pris soin de l'avertir — *Ne plus penser à des choses qui ne sauraient exister* —, je suis sûr que les jours suivants, et les nuits aussi, il ne fit qu'y penser, à ces choses et ses yeux bleus, ses cheveux auburn (c'est ainsi que je l'imagine, mais il se peut aussi qu'elle fût blonde et qu'elle eût les yeux verts), aux fureurs secrètes, au corps à corps endiablé (en définitive on ne sait pas si avec elle il coucha comme un jour, peut-être, je coucherai tout cela sur papier, mais j'espère de tout mon cœur que tu l'as fait, Évariste, ne serait-ce que quelques secondes, et le cas échéant je veux croire que dans ces quelques secondes tu as connu *l'infini de la jouissance*, et que ta vie, l'espace d'un court instant, a pu te paraître un peu moins misérable que le 25 mai 1832). Ce jour-là, il envoie une lettre à Auguste Chevalier. De cette lettre, je ne me rappelle que trois phrases.

> *Comment détruire la trace d'émotions aussi violentes que celles où j'ai passé ? Comment se consoler d'avoir épuisé en un mois la plus belle source de bonheur qui soit dans l'homme, de l'avoir épuisée sans bonheur, sans espoir, sûr qu'on est de l'avoir mise à sec pour la vie ?*

> *Il y a des êtres destinés peut-être à faire le bien, mais à l'éprouver, jamais. Je crois être du nombre.*

> *Je suis désenchanté de tout, même de l'amour de la gloire.*

En un mois il aura connu l'alpha et l'oméga de la passion, l'attraction des corps et le *Noli me tangere*, les lauriers en avril et en mai la couronne d'épines.

Oui, mais ce n'est qu'un chagrin d'amour, me direz-vous, comme chacun d'entre nous en a vécu au moins une fois dans sa vie (et vous n'aurez pas tort, à ceci près que viennent s'y agréger la mort de son père, ses échecs à Polytechnique, son mémoire doublement égaré, celui incompris, un séjour en prison — et le tout à vingt ans). Et je le vois, ce jeune homme de vingt ans désenchanté de la vie en son plus bel âge, je le vois en cette fin mai ; il s'est levé tôt ce matin, mais la torpeur une fois encore l'a saisi et en plein après-midi il dort comme un moine après les vêpres. Il s'éveille, titube un peu (il a peut-être bu), s'allonge à nouveau, désœuvré, se relève, s'assoit sur une chaise devant un bureau, simple, rustique, une planche en bois posée sur tréteaux ; le bureau est parsemé de feuilles et les feuilles d'équations, ce sont les notes qu'il a prises à Sainte-Pélagie ; il voudrait les mettre au clair, *faire des mathématiques*, mais Monseigneur le Mathématicien n'est plus souverain en son domaine ; encore une fois sa page reste blanche : il semble écrire le silence. Si les nombres se refusent à lui, peut-être les mots seront-ils plus dociles : il va lui trousser des madrigaux, quelques vers magnifiques, à elle dont les yeux le sont tout autant ; et puis il se ravise — comme la poésie, le cœur a ses palinodies : cette jeune pecque à la pudeur si facilement outragée ne vaut ni le papier qu'il allait *noircir* à l'encre bleue, ni l'encrier dans lequel il allait tremper sa plume, ni la plume qu'il tient dans la main, ni même l'effort d'actionner cette main, et comme Marie-Thérèse devant la Montespan, il soupire : « Cette pute me fera mourir. » (L'homme, on le sait, est prompt à ravaler au rang de *fille facile* — et à l'exprimer en des termes moins amènes — la femme qui, justement, refuse de se donner à lui facilement.) Il regarde l'horloge : les secondes peuvent bien s'égrener, il n'en n'attend plus rien. S'il examinait son profil dans le miroir, il verrait son visage pâle, fatigué, ses joues creuses, ses yeux cernés ; il n'en a pas le courage : il n'y trouverait plus la promesse des batifolages d'avril, des félicités de la nuit. Il est triste à mourir, comme peut l'être aujourd'hui la liste des meilleures ventes de livres au début de l'été. Il se tourne vers la fenêtre : sous l'arbre du jardin, une fille est allongée sur un drap de lin. Comme si de rien n'était, elle lit. Il va lui dire son fait.

Dans le ciel bleu comme les yeux de Stéphanie s'effiloche un nuage, blanc comme un mouchoir d'adieu. Le soleil bâille au-dessus de leurs têtes. Elle daigne lever la sienne de la page dont elle feint la lecture, lui demande ce qu'il y a *encore*. Elle a le mépris souverain. Il a des gestes ou des paroles un peu lestes. Tout est bel et bien fini. Le soir même, on le provoque en duel.

XVIII

Ainsi, nous y voilà.

La dernière nuit, mademoiselle. Si je devais écrire un livre sur la vie d'Évariste, il compterait vingt chapitres, pas un de plus, pas un de moins. Vingt, comme le nombre d'années qu'il vécut. Rien du tout à l'échelle de l'humanité ; pas grand-chose à celle d'une vie ; assez pour que cette vie ait compté. Et cela grâce à une nuit, une seule : la dernière. Nous y sommes.

Après que des hommes — nous verrons qu'ils étaient deux — l'eurent invité à se battre en duel pour venger l'honneur d'une jeune fille prétendument offensée, Évariste est rentré dans la chambre qu'il habitait depuis deux mois, un peu plus de deux mois, pension Faultrier. Ou peut-être qu'il est allé dans la grange, juste à côté, s'exercer au tir, lui qui n'avait jamais rien tiré — pas même Stéphanie. À moins qu'il ne fût resté immobile, coi, et la tête entre les mains ne se mît à pleurer sur ce gâchis. On n'en sait rien. On ne veut pas le savoir. Le moment où un jeune homme apprend qu'il va mourir n'appartient qu'à lui, seulement à lui (et peut-être au Vieux).

On sait en revanche que ce jeune homme a fini par rentrer dans sa chambre, et dans cette chambre nous pouvons y entrer nous aussi. Il y a là un lit de sangle, une chaise de paille, la planche en bois posée sur tréteaux qui lui sert de bureau, des bougies, un broc en métal, le miroir dans quoi il n'ose plus se regarder, l'horloge aux fleurs de lys complètement arrachées, un poêle à bois ; pas de feu. Et partout des feuilles de papier.

Il en prend quelques-unes, écrit deux lettres pour expliquer le duel sans vraiment l'expliquer, succinctement, comme dans telle administration on expédie les affaires courantes avant une passation de pouvoir. Dans la première, à l'attention de Lebas et Delaunay, républicains, il dit avoir été *provoqué par deux patriotes*, leur demande de prouver qu'il s'est battu malgré lui, *après avoir épuisé tous moyens d'accommodement*, ajoute : *Gardez mon souvenir, puisque le sort ne m'a pas donné assez de vie pour que la patrie sache mon nom*, et, comme s'il voulait nimber le tout d'un halo de mystère, mystérieusement conclut par un post-scriptum en latin : *Nitens lux, horrenda procella, tenebris aeternis involuta* — « Une lumière éclatante, dans l'effroi de la tempête, enveloppée de ténèbres éternelles. » L'autre lettre est adressée *à tous les républicains*. Il les prie de *ne pas lui reprocher de mourir autrement que pour le pays*, assure qu'il meurt *victime d'une infâme coquette et de deux dupes de cette coquette*, regrette que sa vie s'éteigne *dans un misérable cancan*, prend le ciel à témoin qu'il a *cédé à une provocation conjurée par tous les moyens,* se repent d'avoir dit *une vérité funeste à des hommes si peu en état de l'entendre de sang-froid,* mais d'avance pardonne à ces hommes de l'avoir tué car ils sont *de bonne foi.*

On n'en saura pas beaucoup plus. Peu importe, après tout : ce n'est pas pour ces deux lettres que nous sommes dans cette chambre avec lui. C'est pour l'autre, celle à Auguste Chevalier. Les sept pages sont là, sur le bureau, immaculées. Il s'assoit, inspire un grand coup. C'est le moment, mademoiselle, où le chef-d'œuvre n'est qu'une hypothèse, où le miracle est sur le point d'avoir lieu ; ce moment où le tableau est encore sur la palette du peintre, la statue dans la pierre du sculpteur, le théorème dans l'esprit du mathématicien ; ce moment où Rembrandt pose un premier coup de pinceau sur cette toile encore blanche qu'on appellera *Ronde de nuit,* où le pic de Michel-Ange vient frapper pour la première fois ce bloc de marbre qui deviendra *La Pietà* ; où quittant les limbes de l'esprit d'Évariste, le fruit d'une intense réflexion de plusieurs mois vient s'incarner sur la feuille, noir sur blanc s'incarner pour donner aux mathématiques la clé de voûte d'une théorie qui va les révolutionner, rien de moins.

Mais avant d'écrire cette lettre, il relit son mémoire que Poisson, lui, a lu distraitement, à la venvole, n'a pas compris. Il relit donc ce mémoire, y apporte des corrections, éclaircit un point, en développe un autre, pas tous : il n'a *pas le temps.* Et puis il pense à Stéphanie, on le sait, vous verrez qu'on le sait.

La nuit est déjà bien avancée, minuit est passé depuis longtemps et nous sommes déjà le 30, mais il note :

Paris, le 29 mai 1832. La mèche de la bougie charbonne ; il la mouche. Et il se lance enfin. Il se lance vraiment. La dernière lettre, mademoiselle. Merci de couper votre téléphone portable. Rien ne doit venir le troubler.

> *Mon cher Ami,*
> *J'ai fait en analyse plusieurs choses nouvelles. Les unes concernent la théorie des équations, les autres les fonctions intégrales...*

Et sur plusieurs pages il continue. Approfondit. Résume l'essentiel de sa pensée. Vous le voyez, écrire fiévreusement, dans une sorte d'extase mystique, de joie intense, de félicité ? Vous la percevez, cette alchimie du nombre, quand jailli de la plume du Nombre, le nombre étincelle ? Quand le pouls d'un jeune homme s'accélère et que c'est l'algèbre elle-même qui vire à l'euphorie ? Regardez-le, ce jeune homme : son poignet danse au-dessus de la feuille ; sautille ; virevolte ; et la feuille s'emplit de formules si profondes qu'elles semblent venir du fin fond de la nuit, des puissances célestes, de la main même du Vieux. Et pourtant c'est par la main d'un gamin de vingt ans que ces feuilles sont arrivées jusqu'à nous, un gamin qui à vingt ans avait la grâce au bout du poignet, ce je-ne-sais-quoi qui vous touche à l'improviste et qui parfois vous foudroie, vous laissant pantelant dans la nuit, au petit matin chancelant d'avoir connu tout à la fois l'ivresse et la fureur, l'absolu, le vertige et le salut. La grande fête de l'esprit, mademoiselle, pendant quelques heures jusqu'au bout de la nuit.

À travers la fenêtre le firmament se déploie ; on aperçoit les lueurs brillantes et rosées, les mêmes, sans doute, que celles du petit matin où dès potron-minet... Évariste n'y fait pas attention : il lui reste encore une page à écrire (en vérité il lui en reste plusieurs, des dizaines, toute une œuvre mais il n'a *pas le temps*). Pas le temps, et plus de papier. Il cherche sur le bureau, sur le lit, sous le lit, un peu partout : plus une feuille qui soit encore blanche. Là, par terre, il y en a une un peu chiffonnée sur quoi il a déjà écrit. Elle fera l'affaire. Il la lit, soupire, pense à la déchirer, se ravise, biffe quelques mots, la retourne, et au dos il conclut :

Je me suis souvent hasardé dans ma vie à avancer des propositions dont je n'étais pas sûr. Mais tout ce que j'ai écrit là est depuis bientôt un an dans ma tête, et il est trop de mon intérêt de ne pas me tromper pour qu'on me soupçonne d'avoir énoncé des théorèmes dont je n'aurais pas la démonstration complète. Tu prieras publiquement Jacobi ou Gauss de donner leur avis non sur la vérité, mais sur l'importance des théorèmes. Après cela il se trouvera, j'espère, des gens qui trouveront leur profit à déchiffrer tout ce gâchis.

Je t'embrasse avec effusion.

Et puis il signe, souligne, rassemble les feuilles, les pose en évidence sur le bureau et voilà. Il a fini. Il a rendu sa copie. Il est cinq ou six heures du matin, ce bref intervalle où l'on ne saurait dire si c'est le jour qui arrive ou la nuit qui s'en va. Engourdi dans une demi-somnolence, il s'allonge sur le lit, ferme les yeux, ne pense à rien d'autre qu'à l'irrépressible envie de dormir qui depuis plusieurs jours le tenaille. On toque à la porte. Ses témoins. Il se lève. Souffle sur la mèche de la bougie à moitié consumée. Revêt la redingote à deux rangées de boutons qu'on lui voit arborer sur les portraits, les deux seuls qui nous sont parvenus, cette redingote au col large que l'on devine anthracite, bientôt vieille défroque trouée de rouge. La porte claque. Il n'est plus là.

Restent donc, dans la chambre, vous, moi, la fumée d'une bougie, les songes d'une nuit de printemps, quelques feuilles de papier. Ces feuilles, on peut toujours les voir, mademoiselle, vous savez qu'on peut les voir : vous les avez vues. Un après-midi de décembre dans le métro vous avez lu de la poésie, une anthologie, un peu de Rimbaud, un peu de Verlaine ; vous êtes descendue à Pont-Neuf ou Saint-Michel, et le cœur battant vous avez marché jusqu'au n° 23, quai de Conti ; à l'entrée vous avez décliné votre identité, on vous a remis un badge, puis vous avez traversé la cour, êtes passée sous un porche, avez poussé la première porte à gauche, monté deux étages jusqu'à la bibliothèque de l'Institut, marché à pas feutrés sur un tapis beige sous quoi crissaient les lattes du parquet, présenté votre lettre de recommandation au conservateur, demandé à voix basse *les manuscrits d'Évariste Galois*, sous la cote *Ms 2108*, pris place sur une chaise en velours au fond de la salle, place 39, devant la table en bois où *seul l'usage du crayon est autorisé*, et vous avez attendu. Vingt, trente minutes ont passé. Et puis le conservateur est apparu à nouveau, les bras chargés de l'esprit d'Évariste, avec maintes précautions a posé devant vous un petit futon vert, et sur le futon le mémoire dont jadis l'Académie ne voulait pas, qu'aujourd'hui elle conserve comme les joyaux de la Couronne, ne sort qu'avec parcimonie, deux fois tous les dix ans à la demande d'une jeune fille ou d'un vieil érudit, ce mémoire donc, et la dernière lettre, celle de la dernière nuit.

Le mémoire, d'abord. Perdu, refondu, égaré, réécrit, refusé, incompris, redécouvert, étudié, célébré, encensé. Marges à gauche. Moitiés inférieures blanches. Une quinzaine de pages tout au plus. Sur ces pages, vous avez vu des mathématiques, bien sûr, vous avez vu les taches d'encre, les petites taches dans quoi un gamin élevé à Bourg-la-Reine, élève à Louis-le-Grand, a planté son piolet pour gravir la Montagne à dix-sept ou dix-huit ans, éblouissant les vieux, au sommet, le Vieux, au-delà du sommet, et le reste du monde, la tourbe, le *vulgum pecus*, vous, moi, nous tous qui sommes tout en bas. Vous avez vu le miracle, ou plutôt le produit du miracle qui d'un jeune élève impétueux a fait un prodige, qui a vu ce prodige se jouer de la théorie des équations comme Copernic de Ptolémée, changer de paradigme et à partir de rien, ou du moins à partir des ruines encore fumantes de ce qu'il faut dorénavant appeler l'algèbre ancienne, fonder une théorie si novatrice, si audacieuse qu'elle fut incomprise en son temps, si profonde qu'elle n'a pas encore fini de nous livrer ses secrets : car la théorie des groupes — puisqu'il faut bien la nommer — est le 14-Juillet de l'algèbre, l'événement fondateur des mathématiques modernes, événement à partir duquel ont vu le jour d'autres théories, d'autres champs se sont ouverts — certains encore inexplorés aujourd'hui.

Mais comme moi vous avez l'esprit futile, et ce n'est pas tant le miracle qui vous intéresse, ce ne sont pas les mathématiques, les calculs, les équations, les taches d'encre, au recto, au verso, un peu partout, ce n'est pas le cœur de ces pages qui retient votre attention, non, ce qui vous fascine, c'est ce qu'il y a dans les marges, là où l'écriture se fait plus fine, nerveuse, serrée : dans ces marges Évariste a corrigé son mémoire, lors de la dernière nuit. Et dans ces marges il y a des mathématiques, là aussi, des notes explicatives, des additions, mais ce ne sont ni les notes ni les additions qui vous émeuvent, vous tirent les larmes des yeux : ce sont les indices universels de l'amour déchu ; celui auquel on s'accroche et qui s'en va et ne reviendra plus ; qui s'éloigne et que l'on voit s'éloigner, impuissant, avec tristesse et résignation, de même que les deux licornes, sans doute, ont vu l'arche de Noé s'éloigner sur les flots qui devaient les engloutir comme nous engloutissent les flots du temps ; et ces indices de l'amour et du temps qui nous échappent, de la claire conscience, cette nuit-là, qu'ils lui avaient échappé, vous les avez trouvés dans ces marges, dans le *E* d'Évariste entremêlé au *S* de Stéphanie, et plus loin dans les deux premières lettres du prénom désormais indicible, ce *S* accolé à ce *T* (vous voyez bien qu'il pensait à elle), et juste en dessous, en biais, dans cette phrase apparemment anodine — *Il y a quelque chose à approfondir dans cette démonstration* —, suivie du corollaire pour le coup beaucoup moins anodin, terrible, tragique comme le jour qui se lève quand on sait qu'il n'y aura pas d'autre nuit : *Je n'ai pas le temps.*

La lettre, maintenant. Le testament mathématique. Le *legs sacré d'un génie.* Les phrases sont courtes, les formules brèves, concises, ramassées en quelques pages qui sont la quintessence de sa pensée, en exposent l'essentiel en peu de mots, à charge aux autres de *déchiffrer tout ce gâchis.* Ces quelques pages au nombre de sept qu'il avait dans la tête *depuis bientôt un an,* vous les avez tournées lentement, précautionneusement, et sur chacune d'elles vous avez vu apparaître le visage d'un jeune homme qui vous regardait en coin, vous souriait en coin ; ce jeune homme, à n'en pas douter, c'était lui, mademoiselle, Évariste lui-même descendu de la Montagne pour se superposer aux lignes, aux équations, s'incarner là-dessus, y dessiner son visage comme un autre visage a pu se dessiner il y a deux mille ans sur la très sainte relique en toile de lin (et vous avez pensé que si le corps d'un homme après sa mort est enveloppé d'un linceul, c'est dans les pages qu'il a laissées qu'est enveloppé son esprit). Cet esprit, vous avez pu le saisir, en pénétrer les profondeurs opaques dans ces lignes jetées à la hâte, à la lueur d'une bougie. Et en les lisant vous avez vibré comme en les écrivant il a vibré dans la nuit, vous avez pleuré comme peut-être il a pleuré au petit matin en les relisant — du moins s'il eut le temps de les relire ; et un après-midi de décembre, sous les très hauts plafonds de la bibliothèque de l'Institut, devant ces quelques pages qui sont la preuve irréfutable de ce qu'une nuit peut arracher à un homme, de ce que la vie d'un homme peut offrir au génie humain, devant ces quelques pages vous avez prié : pour la première fois, peut-être, de votre très jeune vie, vous avez cru en la vie après la mort, vous avez cru qu'il pouvait y avoir, au-delà d'une vie, autre chose que le chaos par quoi tout commence et par quoi tout finit, et qui s'incarne en un mot qui depuis si longtemps vous obsède : *le néant.*

Vous avez pris le temps de les lire, ces quelques pages, les savourant jusqu'à la dernière ligne, jusqu'au *Je n'ai pas le temps* qui fait écho à l'autre, celui des marges du mémoire, jusqu'au *Je t'embrasse avec effusion,* jusqu'à la signature, ample, soulignée, jusqu'à la date, enfin, cette date fatidique de la veille du petit matin où l'algèbre prit du plomb dans l'aile après que le Nombre en eut pris dans le ventre, où le chant des coqs fut le prélude à une longue nuit : *29 mai 1832.* Puis cette dernière page, celle qu'il a bien failli déchirer, vous l'avez tournée, et au dos vous avez vu les deux lettres de Stéphanie elles-mêmes déchirées, recopiées, biffées, et parmi ces lettres vous avez retenu une phrase, une seule, la première, *Brisons-là sur cette affaire, je vous prie,* et vous avez pensé qu'à cause de cette phrase, et de cette phrase seulement, Évariste est mort à l'aube, sur le pré, à vingt ans.

Enfin, j'allais oublier, vous avez vu, dans le mémoire, la patte de Poisson, le petit *Vu* du petit Poisson en petits caractères, sur la page de garde, au-dessus des lignes géniales, révolutionnaires, incomprises en leur temps, et au verso du *Vu* de Poisson cette annotation d'Évariste, qui peut-être a été ajoutée la dernière nuit, peut-être pas, on n'en sait rien : *Oh ! chérubins.* Et aussi, un peu plus loin, dans une marge, après une annotation négative de Poisson cette autre annotation, impériale, solennelle, pleine d'assurance et d'aplomb : *On jugera.* On a jugé : tu as gagné, Évariste, tu es au sommet.

Et pourtant il s'en est fallu de peu qu'il n'y soit jamais. Ce mémoire et cette lettre, leur destinataire aurait pu ne jamais les trouver, ou les trouver et ne pas les lire, ou les lire et les ranger dans un tiroir et dans ce tiroir les oublier. Mais Auguste Chevalier était de ces hommes qui s'accomplissent dans les tâches subalternes que la providence semble leur avoir assignées, et bien qu'il fût incapable de comprendre la pensée de son jeune ami, il se fit le dépositaire de sa mémoire, de son esprit transmué dans les pages de la dernière nuit, parce qu'il avait la conviction que chacune d'elles était marquée du sceau du génie ; il avait raison. Dès septembre 1832, Chevalier fit paraître la dernière lettre d'Évariste dans la *Revue encyclopédique.* Et pendant près de quinze ans ce fut le silence, le silence assourdissant de la vallée : le monde n'était pas encore prêt. Il fallait quelqu'un pour déchiffrer tout cela, sans quoi tout cela ne serait resté qu'un peu d'encre posée çà et là sur quelques feuilles de papier. Ce quelqu'un fut Liouville, Joseph Liouville, professeur à Polytechnique, membre de l'Académie des sciences, un des mathématiciens les plus influents de son temps. Liouville publia *les papiers d'Évariste Galois* dans son *Journal de mathématiques pures et appliquées* ; et de nouveau le silence, et toujours la vallée : Évariste est *un génie abrupt,* écrira-t-on, *il a fallu bien des commentaires pour saisir le sens profond de sa pensée.*

Ce n'est qu'à partir des années 1870 que cette pensée qui était née à Paris, qui pendant trente, quarante ans était restée dans un cénacle à Paris, prit enfin son envol, traversant les frontières pour se propager à Cambridge, à Berlin, un peu partout ; et depuis lors on l'a interprétée, on se l'est réappropriée, on a écrit dessus, on continue d'écrire ; et depuis lors on a dit d'Évariste que s'il a « des égaux parmi les grands mathématiciens de son siècle, aucun ne le surpasse par l'originalité et la profondeur de ses conceptions » ; on l'a célébré, on l'a fêté à Bourg-la-Reine, à Louis-le-Grand, un peu partout ; on a donné son nom à des rues, à des écoles, à des collèges, à des lycées ; le directeur de Normale lui-même a fait « amende honorable au génie de Galois, au nom d'une école où il entra à regret, où il fut incompris, d'où il fut chassé, et dont il est l'une des gloires les plus éclatantes » ; et aujourd'hui encore on reste stupéfait, béat d'admiration devant les travaux de ce jeune homme qui était un Archimède, un Newton, un Euler de Bourg-la-Reine, qui était de la même étoffe, et qui à ce titre mériterait d'être aussi connu qu'Archimède et Newton et Euler, et tous les autres, là-haut, au sommet ; et depuis lors on écrit des livres sur lui ; et peut-être qu'un jour je m'y mettrai, moi aussi, peut-être sortirai-je du tombeau ces gens qui ont croisé Évariste et l'ont plus ou moins connu du temps où il n'était qu'Évariste, où il était *seulement* Évariste, un jeune homme imberbe aux yeux cernés qui vous regardait en coin, vous souriait en coin, du temps où il n'était pas encore Évariste Galois, la légende que le frottement des cymbales a forgée, tous ces gens dont j'ai parlé, morts depuis longtemps, *morts et enterrés* : son père, qui faisait des vers et qui n'en fait plus, ou du moins qui en fait d'autres ; sa mère, la reine Adélaïde, en 1872, à quatre-vingt-quatre ans ; sa sœur, Nathalie ; son frère, Alfred ; Duchâtelet, son autre frère ; Auguste Chevalier, dans la dernière lettre avec effusion embrassé ; Poisson et Cauchy, l'un sur l'ubac, l'autre au sommet ; Raspail, Pescheux, Blanqui, et tous ceux qui en reluquant le poignard buvaient à la santé du roi ; Charles X, en exil, du choléra ; Louis-Philippe, en exil, d'on ne sait trop quoi ; Affroy, le jean-foutre au registre d'écrou, d'une cuite, sans doute, comme on n'en prend plus aujourd'hui ; les gredins que la dive bouteille tenait en éveil et en vie ; Me Dupont, dont la voix de stentor ne résonne plus dans la caisse en bois ; Labrunie, qu'on appelait *le bon Gérard* ou Nerval, dans la nuit noire et blanche, rue de la Vieille-Lanterne ; Alexandre Dumas, qu'on appelait Alexandre Dumas, comme son fils, Alexandre Dumas ; peut-être même le Vieux (Nietzsche le prétendra, mais sur cela on débat encore) ; Nietzsche lui-même (et sur cela il n'y a pas de débat). Et Stéphanie. Morte, elle aussi, en 1893, dans sa quatre-vingt-unième année. On peut voir sa tombe au cimetière du Montparnasse : je n'y suis pas allé. C'est là qu'Évariste a été enterré, soixante ans plus tôt. Or il n'est pas mort. Il est tout entier dans les pages qu'il nous a laissées.

Mais pour l'heure il est tout entier dans le fiacre, rue de l'Ourcine, devant la pension Faultrier. Paris va défiler : il n'en verra rien (ou du moins je suppose qu'il n'en vit rien, qu'abruti de fatigue jusqu'à la clairière il ferma les yeux ; mais il se peut aussi qu'il les ouvrît ; et alors, peut-être qu'il vit le cortège d'ombres et d'infamie s'agiter dans Paris qui s'éveille, sous un porche une vieille putain vérolée, du foutre séché sur les lèvres, compter les pièces de ses passes, salaire de misère pour une vie de misère ; au coin d'une rue un mendiant accroupi sur ses jambes décharnées, deux bâtons couverts de guenilles, un moignon en guise de bras gauche, l'autre bras tendu devant lui, quémander la paume ouverte de quoi se saouler la gueule pour oublier la vie qu'il a, les vêtements qu'il n'a pas, le bras qu'il n'a plus, la chance qu'il n'a jamais eue ; dans une autre rue, adossée contre un mur, une fille encore jeune, le sein nu, racorni, allaiter un nouveau-né bientôt-mort, silencieux comme la mort, et annonciatrice de la mort la peau du visage qui déjà vire au bleu ; devant la porte béante d'un hôtel délabré un giton, le trou du cul ourlé de sperme et de sang, délabré comme l'hôtel, comme la porte béant, afficher le sourire carnassier de celui dont la bourse s'emplit à mesure qu'il déleste, avec une allégresse teintée de mépris, celles de bons pères de famille à monocle, gibus et moustache frisée ; près d'une fontaine un Auvergnat de vingt ans qui en fait quarante ployer sous le poids d'une sangle aux extrémités de laquelle deux énormes seaux en fer-blanc, remplis d'eau à ras bord, tanguent et par miracle ne débordent pas — et s'il avait suivi cet Auvergnat dans sa besogne, il l'aurait vu ravitailler quelque maison bourgeoise avant de rejoindre la fontaine, remplir ses seaux et renouveler l'opération, encore et encore jusqu'à la tombée de la nuit, quatorze heures d'affilée, sur un grabat s'effondrer de fatigue, se lever avant le chant des coqs et recommencer, sangle autour des épaules et seaux au bout de la sangle, jour après jour une vie durant, une vie qui n'en est pas une, ou du moins qui n'est pas celle de ces mirliflores titubant sur la chaussée, le verbe haut, la vue brouillée, rentrant après une nuit de débauche pour se coucher pendant que Paris petit à petit se réveille, sur leur chemin croisant un fiacre dans lequel un jeune homme dont la vie n'est qu'une ébauche file vers la clairière où lui aussi va se coucher).

Il me plaît de croire qu'il ne vit rien de tout cela ; qu'il n'ouvrit les yeux qu'une seule fois, pour une poignée de secondes, quand rue de l'Ourcine le fiacre s'ébranla dans le jour balbutiant ; qu'il se tourna vers la fenêtre de la chambre dans laquelle Stéphanie n'avait pas réussi à dormir ; qu'à cette fenêtre il vit une main écarter un rideau de mousseline ; qu'entre les deux pans du rideau apparut une fille aux yeux rougis par les larmes, comme si elle avait pleuré toute la nuit ; qu'il la regarda ; qu'elle ne put le regarder : ce regard eût été celui d'Eurydice, elle le savait. Mais elle ne savait pas, non, elle ne savait pas qu'en ce moment où ils paraissaient si éloignés l'un de l'autre, ils étaient beaucoup plus proches qu'ils ne l'avaient jamais été : ils étaient tous les deux voisins du ciel, mademoiselle, puisqu'elle était belle, et puisqu'il allait crever.

XIX

C'est l'aube. La rosée est encore fraîche. Dans une heure s'envoleront les brumes du matin. Aux arbres, les feuilles frémissent : il fait froid. Un fiacre, attelé de deux chevaux, est en contrebas de la clairière. Le cocher, enveloppé dans sa houppelande, a posé son chapeau sur ses genoux ; il fait un somme. Un drame va se jouer, un jeune homme va mourir ; peu lui chaut : c'est un cocher. Dans la clairière ils sont sept : Évariste, son adversaire, leurs témoins, le directeur du combat. Il n'y a pas de médecin ; on ne sait pas pourquoi — c'est bien la seule chose que l'on sait. De ce duel, on ne connaît que le nom de celui qui fut tué. On ignore tout le reste : on ne sait même pas le nom de celui qui tua.

D'aucuns ont parlé de Duchâtelet, l'ami d'Évariste, son *frère*. C'est sur la foi d'un journal lyonnais, *Le Précurseur*, en date du 4 juin 1832, qu'on a pu formuler cette hypothèse qui ne tient pas debout. Ce journal relate le « duel déplorable qui a enlevé hier aux sciences (...) le jeune Évariste Ga*ll*ois qui s'est battu avec un de ses anciens amis, tout jeune homme comme lui, comme lui membre de la Société des amis du peuple, et qui avait, pour dernier rapport avec lui, d'avoir figuré également dans un procès politique ». Puis l'article se termine ainsi : « Il était âgé de 22 ans. L. D., son adversaire, est un peu plus jeune encore. » Quel crédit apporter à la feuille de chou qui se méprend sur la date du duel, l'âge de la victime et l'orthographe de son nom ? Et puis, on l'a dit, Duchâtelet était l'ami d'Évariste. Les conventions auraient voulu qu'il tirât à côté, en l'air, au sol ; pas sur lui. On pouvait se fâcher entre amis jusqu'à se battre en duel, on n'en n'était pas moins gentilhomme : on s'évitait soigneusement, tacitement, et pourvu que l'honneur fût sauf, les duellistes l'étaient aussi. Je ne peux pas croire que Duchâtelet, eût-il été offensé par Évariste, aurait sciemment pointé le canon de son arme sur lui, sur lui sciemment tiré, sans lui sciemment pris la fuite, le laissant pour mort au bord de l'étang, la tête dans l'herbe ou dans les blés. Cela ne ressemble pas à Duchâtelet.

En vérité, tout porte à croire que l'adversaire d'Évariste fut Pescheux. C'est du moins ce que prétend Dumas dans ses *Mémoires.* Pescheux qui était blond et que l'on disait belliqueux, qui était d'Herbinville et se disait républicain. Mais l'était-il vraiment ? On se souvient qu'il abhorrait le trône et qu'il l'eût volontiers renversé ; que parce qu'il avait tenté de rejouer Juillet en décembre avec dix-huit autres il fut accusé de complot ; que pour cela il fut traduit en justice ; qu'en dépit de cela il fut acquitté. On se rappelle aussi qu'en l'honneur de cet acquittement un banquet fut donné aux Vendanges de Bourgogne ; qu'un toast y fut porté par un jeune homme ; que ce jeune homme était Évariste et que pour cela il fut traduit en justice mais qu'en dépit de cela il fut acquitté. Or s'il appert que Pescheux était républicain (on l'avait vu, en prison, faire sa *prière du soir*, rendre un culte à la divinité laïque au bonnet phrygien), il se peut aussi qu'il fût bon acteur et jouât la comédie. On a dit qu'il était un mouchard, un traître à la solde de la monarchie ; qu'il avait retourné sa veste sur le revers de quoi des fleurs de lys étaient cousues ; que le gouvernement avait lesté sa bourse de quelques louis d'or (mais peut-être était-ce déjà des francs) ; qu'il fut prié d'offenser Évariste, de le provoquer en duel, de le tuer ; qu'il ne se fit pas prier. Pescheux, un spadassin ? Cette hypothèse, je ne peux ni ne veux la balayer d'un revers de main. Il n'est pas impossible qu'en haut lieu on voulût débarrasser la monarchie d'un républicain exalté, et qu'à cette fin on fît passer un assassinat politique pour une querelle amoureuse. Il ne faut jurer de rien. Évariste était farouchement républicain, de ceux que le mot *régicide* ne faisait pas frémir. Alors certes, on le disait aussi mathématicien, et mathématicien plein de promesses, mais la monarchie en ce temps était comme la République en d'autres : elle n'avait *pas besoin de savants.* Et puis il y avait eu, semble-t-il, une première tentative de l'occire, ce coup de feu à Sainte-Pélagie… L'hypothèse d'un complot n'est donc pas à exclure, ou du moins pas d'emblée, sans lui accorder le moindre crédit.

Mais la nature humaine est ainsi faite que derrière chaque événement apparemment anodin on recherche des causes cachées, des intérêts obscurs, à préserver, pour lesquels quelques hommes se concertent en secret, manigancent, nous jettent de la poudre aux yeux. Cette théorie du complot, je ne veux pas y souscrire. Car enfin cela voudrait dire qu'en secret des hommes liges du pouvoir machinèrent la perte d'Évariste ; que dans cette machination ils furent plusieurs à tremper ; que Gisquet, le préfet de police, fut l'un d'eux ; que le directeur du combat fut l'un d'eux ; que le témoin d'Évariste fut l'un d'eux ; que l'autre témoin fut l'un d'eux ; que Pescheux, bien sûr, fut l'un d'eux ; que le directeur de Sainte-Pélagie qui avait envoyé Évariste dans les basques de Stéphanie fut l'un d'eux ; que Stéphanie elle-même fut de mèche avec eux. Or cela je ne peux le croire.

Pas Stéphanie.

Non, pas Stéphanie aux longs cils recourbés, plus belle encore que le jour le plus beau du printemps quand pour marquer sa page elle ramassait une brindille, Stéphanie aux sourires enjôleurs, aux minauderies, aux simagrées. Je ne peux pas croire qu'elle le séduisit à dessein ; qu'il jouit d'elle et qu'elle se joua de lui ; que sous sa jupe elle le fit tressaillir, palpiter, pour qu'il tressaillît et palpitât autrement, au bord d'un étang. Je ne peux pas croire qu'elle fut une intrigante, l'appât qui devait l'attirer dans l'aube de la clairière où l'attendent Pescheux et les témoins, le directeur du combat, un cocher qui s'en fout, deux chevaux qui coaillent, un fiacre sur quoi le jour se lève pendant que sur l'algèbre la nuit s'apprête à tomber.

Je ne prétends pas savoir ce qu'il s'est passé, au mois de mai 1832, dans la pension Faultrier. À vrai dire, je ne suis même pas certain de le vouloir. Je préférerai toujours le mystère aux certitudes bien forgées, le champ des possibles à l'indéniable vérité. Mais je ne peux pas me dérober, suspendre mon jugement et vous dire : maintenant, mademoiselle, démerdez-vous avec tout ça. Alors voilà mon hypothèse : Stéphanie était promise à Pescheux, ils étaient fiancés. Mais Pescheux avait une maîtresse, et cette maîtresse portait la cocarde et le bonnet phrygien, déambulait le sein nu — on disait en haut lieu que c'était une putain. Or cette putain avait envoûté une poignée d'hommes qui se battaient pour elle, qui pour elle étaient prêts à mourir, s'il le fallait. Comme Évariste, Pescheux était de ces hommes. Il lui était dévoué totalement, il n'avait plus de temps pour Stéphanie. Il la délaissait, d'une certaine manière la trompait. Et Stéphanie trompait son ennui sous un arbre, dans le jardin de la pension où travaillait son oncle, en lisant, en rêvassant. Un après-midi d'avril (ou un matin, que sais-je ?), un jeune homme s'arrêta devant elle, bourra le fourneau d'une pipe ; l'alluma. La suite, on la connaît : dans les bras de ce jeune homme elle se consola, en éprouva des remords, mit le holà : *Brisons-là sur cette affaire, je vous prie.* Il se fit insistant, elle persista : *Ne plus penser à des choses qui ne sauraient exister et qui n'existeront jamais.* Le coup avait porté. Il lui fit une scène — et je ne veux pas savoir ce qu'ils purent bien se dire. L'oncle le sut. Il avait des oreilles, des yeux. Il entendit certaines choses, en vit certaines autres, rapporta le tout à Pescheux. Et pour une fois Pescheux délaissa la putain au sein nu pour trouver celui dont on murmurait que dans les bras de Stéphanie il avait pris certaines privautés. Évariste lui dit qu'elle n'était qu'*une infâme coquette*, une fille de mauvaise vie. Une putain, elle aussi. Or Pescheux était de nature belliqueuse : il le provoqua en duel. Évariste ne voulait pas se battre. Il avait d'autres projets que s'éteindre dans un *misérable cancan*. Il épuisa *tous moyens d'accommodement*, en vain : l'autre, poussé par l'oncle boutefeu, étant bien décidé à en découdre, il fallut céder à ses provocations, car l'honneur était en jeu, et l'honneur, chez un patriote, valait plus que la vie. Sur le pré, monsieur. Séance tenante et dans le sang. Voilà, peu ou prou, ce qu'il s'est passé. Qu'on se le dise, ce n'est pas un complot, mais une affaire de cœur qui fut la cause du duel, une querelle de bibus comme il y en avait tant, comme il y en a toujours (sauf qu'aujourd'hui ce n'est plus à l'aube et sur le pré que l'on règle ses différends : on poste des tweets assassins, on s'insulte sur Facebook, on divulgue des *sextapes*, bref, c'est *online* que désormais tout se joue).

Nous ne sommes pas *online*, mademoiselle. Nous sommes dans la clairière, au bord de l'étang ; l'eau est morte ; comme dans un miroir fendu le ciel s'y contemple ; il y voit du rose et du bleu, de l'ocre ; il se rengorge de sa beauté. On ne sait pas si Évariste voit tout cela : il n'a pas dormi de la nuit. À quoi peut-il bien penser ? À son testament, sans doute, à ces quelques pages imbibées de larmes et de génie qui devraient lui rendre justice. Et si Auguste ne les trouvait pas ? Alors sa vie n'aurait servi à rien, pas plus, en tout cas, que n'aurait servi la vie d'Affroy, le jean-foutre au registre d'écrou. Il resterait dans les souvenirs de ses amis, de sa famille, de Stéphanie (non, peut-être pas de Stéphanie), n'existerait que sur leurs lèvres émues. Et puis le temps ferait son œuvre, effacerait les souvenirs ; les lèvres se tairaient ; on finirait par l'oublier. Évariste Galois ? Connais pas, allez donc voir dans la vallée. *Le sort ne m'a pas donné assez de vie pour que la patrie sache mon nom.* Bien sûr, nous savons que tout cela n'est pas vrai, et nous savons qu'il se trouve encore des gens pour écrire des livres sur lui. Mais lui, dans la clairière, ne le sait pas. Il ne peut pas le savoir. Et ça le tue, ça le tue bien plus que ne le tuera la balle dans le ventre, la petite balle de plomb qui vous plonge dans un sommeil de plomb.

On lui parle de duel *au commandement*, de mouchoirs blancs qu'il faut placer à vingt-cinq ou trente pas, de signal avant quoi il ne faut pas bouger ; il écoute distraitement, ne comprend rien, acquiesce à tout ; il regarde les fleurs, des marguerites, comme celles dont il n'y a pas dix jours il effeuillait les pétales pour savoir combien elle l'aimait — *pas du tout* ; il se demande peut-être s'il y aura des fleurs pour orner son tombeau : c'est dans une fosse commune qu'on le jettera (cela non plus il ne le sait pas). Et puis il entend le directeur du combat qui lui demande s'il est prêt. Est-on jamais prêt pour ces choses-là ?

Il a vingt ans. Il va mourir. Il n'est pas prêt.

Ensuite, que se passe-t-il ? Pas plus que vous je ne le sais.

Je suppose qu'Évariste et Pescheux se firent face une dernière fois ; que le directeur du combat leur présenta un coffret en bois de noyer gainé de velours vert ou grenat dans quoi se trouvait une paire de pistolets tirés au sort par les témoins ; que ces pistolets n'étaient pas des *Paterson*, ces cinq-coups dont le barillet tournant ne tournait alors que dans l'esprit de Colt, mais des pistolets de duel avec pommeaux gravés de feuillages, crosses en fûts, platines à corps plat, chiens à corps ronds, canons à pans décorés de rinceaux ; que dans l'un des canons se trouvait une balle ; que dans l'autre il ne s'en trouvait pas : on s'en remettait au hasard, à la bonne ou mauvaise fortune, à la fatalité ; au Vieux, si vous voulez.

Le Vieux n'était pas du côté du Nombre, du moins pas ce jour-là. Le Vieux était en face, à vingt-cinq ou trente pas. Pescheux s'y trouve aussi, grave, solennel, le bras le long du corps, un pistolet dans la main, la crosse contre sa cuisse. Dans la clairière, sur l'étang, et par-delà l'étang, à l'orée du bois, sur le chemin escarpé par lequel il va s'enfuir, on n'entend rien du tout — à peine quelques oiseaux. Il tend le bras, ferme un œil, retient son souffle. Nous aussi. Puis de l'index — on ne se méfie jamais assez des doigts —, il presse la détente, libère un chien de métal, et le chien de métal vient frapper une amorce qui enflamme une poudre, et la poudre propulse une balle, et la balle aurait pu manquer Évariste ou simplement l'effleurer mais trop tard : elle est déjà dans son ventre ; Évariste est couché sur la terre de tout son long.

XX

C'est un brave paysan qui le trouva, un brave paysan dont l'Histoire n'a pas gardé le nom — elle ne garde pas les noms des braves paysans. On ne sait pas s'il jura parce qu'un jeune gandin se prélassait dans son champ et lui flanqua un coup de pied dans les côtes pour lui apprendre à vivre, ou si d'emblée il sut que le jeune gandin, loin de se prélasser, mourait en silence sous un bleu de cobalt, dans la blondeur de mai. On sait en revanche qu'il le fit monter sur une charrette, fouetta la croupe d'une rosse que j'imagine efflanquée, et à bride abattue l'emmena vers l'hôpital Cochin, où faute de prévenir la mort on la fardait de termes savants : la balle avait traversé les viscères abdominaux, percé le psoas, touché les branches de l'artère iliaque, perforé l'intestin, déchiré le côlon. La péritonite était inéluctable, ce qui en termes moins savants voulait dire qu'Évariste allait crever. On fit prévenir Alfred, qui accourut en larmes à son chevet : « Ne pleure pas, lui dit son frère, j'ai besoin de tout mon courage pour mourir à vingt ans. »

On dit qu'ensuite Évariste demeura stoïque jusqu'au bout, qu'il fit chasser le corbeau en soutane venu lui donner l'extrême-onction, et certains prétendent même qu'il confia à son frère avoir été *le jouet d'un complot.* Allons... À mon tour de frapper les cymbales, il y a trop longtemps que j'en meurs d'envie : je veux croire qu'Alfred essuya les larmes qui coulaient sur ses joues, prit la main d'Évariste entre ses paumes, lui dit qu'il n'avait pas à s'en faire, qu'il était là, avec lui, et le veilla toute la nuit ; je veux croire qu'au matin Évariste lui fit un sourire — à moins que ce fût Alfred qui crut déceler un sourire sur ses lèvres tremblantes —, qu'il lui dit de ne pas s'inquiéter, que tout irait bien — les fadaises auxquelles on s'accroche quand on sait que tout est foutu ; je veux croire qu'il lui parla de leur mère, de leur sœur, de l'enfance, des jours heureux quand l'été ils montaient des pièces de théâtre, jouaient au cheval à bascule et à la guerre, au toton ; je veux croire, enfin, que parce qu'ils étaient trop fiers, de cette fierté fraternelle tout en retenue, en pudeur, ils ne se dirent pas *je t'aime* mais se regardèrent en silence, et que ce silence disait tout. Je veux croire tout ça et je les vois, et vous pouvez les voir, vous aussi, dans cette petite chambre de Cochin où ils sont tous les deux, seuls, à la lueur d'une bougie projetant contre le mur l'ombre d'un pouce qui tremble, vacille, mais se maintient vers le haut. Vous voyez comme ils sont beaux ? Regardons-les une dernière fois. Le jour s'est levé. Alfred tient encore la main d'Évariste, il ne l'a pas lâchée de la nuit, il lui a promis de ne pas pleurer mais il pleure, c'est plus fort que lui, il pleure et il lui serre la main de plus en plus fort, il lui dit de dormir, il le voit qui ferme les yeux. Ça y est, c'est bientôt fini. Évariste a neuf ans, il est dans son lit, à Bourg-la-Reine, dans la grande maison bourgeoise aux fenêtres ornées de glycine, il entend l'escalier craquer sous les pas de son père, il le voit qui pousse la porte de la chambre, qui se penche sur lui, son *fils chéri*, relève un peu la couverture pour qu'il n'ait pas trop froid, lui caresse les cheveux, l'embrasse sur le front. Tout est bien. Il dort pour de bon. Le Vieux, là-haut, a tourné son pouce vers le bas.

BIBLIOGRAPHIE

Plusieurs travaux — biographies historiques ou romancées, ouvrages scientifiques — ont été consacrés à Évariste Galois. Le lecteur qui souhaiterait se documenter pourra notamment consulter :

Alexandre Astruc, *Évariste Galois*, Flammarion, 1994.

Paul Dupuy, *La vie d'Évariste Galois*, Annales scientifiques de l'École normale supérieure, Paris, Gauthier Villars, 3e série, vol. 13, juin 1896, p. 187-266.

Caroline Ehrhardt, *Évariste Galois. La fabrication d'une icône mathématique*, EHESS, 2011.

Norbert Verdier, *Galois, le mathématicien maudit*, Belin, 2011.

Parmi les témoignages de contemporains, on retiendra :

Alexandre Dumas, *Mes mémoires*, t. 8, Paris, Calmann-Lévy, 1884.

François-Vincent Raspail, *Lettres sur les prisons de Paris*, vol. 2, Paris, Tamisey et Champion, 1839.

L'auteur remercie la fondation Lagardère d'avoir encouragé ce projet par l'attribution de la bourse écrivain 2013.

Composition CMB/PCA.
Achevé d'imprimer
sur Roto-Page
par l'Imprimerie Floch
à Mayenne, le 16 mars 2015.
Dépôt légal : mars 2015.
1er dépôt légal : décembre 2014.
Numéro d'imprimeur : 88206.

ISBN 978-2-07-014704-5 / Imprimé en France.

288150